著作权合同登记号　图字　01-2015-5568

Nipponia Nippon by Kazushige Abe
Copyright © Kazushige Abe
All rights reserved.
Originally published in Japan by Kodansha Ltd.
Chinese (in simplified character only) translation rights is reserved by People's Literature Publishing House under the license granted by Kazushige Abe arranged through Cork, Inc., through Kodansha Beijing Culture LTD..

图书在版编目(CIP)数据

朱鹮/(日)阿部和重著;丁丁虫译.—北京:人民文学出版社,2016
ISBN 978-7-02-011554-9

Ⅰ.①朱… Ⅱ.①阿…②丁… Ⅲ.①中篇小说—日本—现代 Ⅳ.①I313.45

中国版本图书馆 CIP 数据核字(2016)第 074860 号

责任编辑	于　壮
责任校对	刘佳佳
装帧设计	李思安
责任印制	苏文强

出版发行	人民文学出版社
社　　址	北京市朝内大街 166 号
邮政编码	100705
网　　址	http://www.rw-cn.com
印　　刷	三河市西华印务有限公司
经　　销	全国新华书店等
字　　数	69 千字
开　　本	787 毫米×1092 毫米　1/32
印　　张	5　插页 1
印　　数	1—6000
版　　次	2016 年 10 月北京第 1 版
印　　次	2016 年 10 月第 1 次印刷
书　　号	978-7-02-011554-9
定　　价	32.00 元

如有印装质量问题,请与本社图书销售中心调换。电话:010-65233595

选项缩小到三个。

饲养,释放,暗杀。

但如果考虑实现的可能性,则选项更为有限。

三个选项中,饲养应当排除。从佐渡运到东京非常困难,而且也不是能在十平方米大小的室内饲养的小鸟。假如是老家还好说,因为就在邻县,相近的环境大概也容易饲养,可单是准备似乎就要好多年。对于缺乏知识和资金的十七岁贫弱少年而言,这大概绝非轻松的差事。本来连政府养育都是困难重重,纯粹的门外汉兼未成年人根本不可能做到。而且地点一旦泄露,必定会遭到抢夺者的袭击,很可能还会同多股势力展开争夺。虽然驯养熟稔很有吸引力,但考虑到耗费的劳力,实在是得不偿失。

所以,要么放走,要么杀死,只能二选一。

这里又产生了新的纠结。

两股意志互不相让,不得不延后决定。

最后关头可不能犹豫。所以不该懈怠于自问自答。

同等地抱有两股完全对立的情绪——就像是双重人格,鸮谷春生想。

春生总是在幻想。为了彻底去除消极性,需要不断运用想象力。不管放走还是杀死,潜入笼子的步骤都一样,只在最后阶段才有差异。结果虽然大相径庭,但自己动手放走的景象,和自己动手杀死的景象,都能在头脑中真实地描绘出来。不管想象哪种自己,心中都会毫无阻碍地生出鲜明的形象,丝毫没有违和感,甚至连成就感的质量和程度都没有什么差异。

放走的快感,在于解救锒铛入狱的无罪弱者,由此可以品尝英雄般的滋味,让自己感到无比自豪。而杀死的妙处,在于破坏秩序,打破世间的善意和期待,扮演冷酷无情的刽子手,由此可以沉浸到爽快昂扬的恍惚状态

朱　鹮

中。两者都只不过是荒诞的想象和十分乐观的空想而已。但是不管什么时候,都会带来远比现实更为满足的实感。

鸨谷春生每天在头脑中反刍这些场景和感觉,提升实践的欲望。

他总觉得正义与邪恶的观念同时存在于自己心中。

两者都不觉得有错,但也不是说平时的思考必然会受到影响。只不过归根到底只是心中的所想,实际如何也无从判别。放走和杀死,孰为正义、孰为邪恶,愈是深思,愈是难断。两者都想要,而且并不觉得矛盾,可以在两者间自由转换。如此说来,也许自己果然是双重人格——差不多就像是性格一样。春生还是这样认为。

二选一的决定,只能等到两个"人格"中的一个变强的时候了。春生计划与两种幻想同时交往,直到那个时刻到来为止。决定计划以后,实施日期悬而未决地过了许多天。不过,尽管如蛞蝓般迟缓,春生的意志还是在切实地靠近朱鹮栖息的森林。

•

佐渡朱鹮保护中心的警备如何,春生无从推测。保护中心的网站上也没有特别说明。

"每日INTERACTIVE"的"朱鹮在线资料馆"上登载的《朱鹮保护中心通讯》(《每日新闻》cyber编辑部,平井桂月)中虽然写着"感觉朱鹮的管理比上野的熊猫还严格",但警备的具体情况并不清楚。普通的游客似乎都在指定位置用望远镜观察饲养笼中的情况。饲养笼和管理大楼所在的区域用栅栏隔开,禁止游客入内,根本无法接近朱鹮。既然如此,那就必须将栅栏和饲养笼的间隔距离也纳入考虑范围。设置了三台望远镜的观察指定地点距离饲养笼大约50米。这算是近还是远呢?

无论如何,单看地图无法掌握警备措施的具体情况。春生去看了"上野的熊猫",本以为会有什么启发,结果毫无用处。要掌握正确的信息,除了去现场,没有别的办法吧,春生想。因为害怕坐船坐飞机,他希望只

朱 鹮

去佐渡岛一次。

根据若干网站上登载的佐渡保护中心的照片和地图,可以确定饲养笼和管理大楼的各个建筑是分开的。饲养笼是建在外面的独立建筑,朱鹮好像一直住在那里。既然如此,也许可以在不被发现的情况下抵达围栏。比如趁着深夜翻越栅栏,潜入禁止入内的区域。如果可以再进一步侵入饲养笼,释放或者杀死朱鹮应该都不成问题。就像鲁邦三世①那样施展迅捷华丽的技巧钻过警戒网,打开饲养笼的门,梦想自己和朱鹮对视的勇姿,春生兴奋不已。也许,单凭这件微不足道的小事,就可以让世界为之一变,他想。整个国家必定会发生翻天覆地的混乱,回荡起称赞与批判的混声合唱。胆大妄为、前所未有的行为,会让自己被视为英雄,也会被视为恶棍。曾经有无数人怀着热切的希望屡战屡败,也许唯有自己可以成功——鸨谷春生在脑海中勾画出那样的幻想。

---

① 鲁邦三世,日本漫画中的角色,是个富有正义感的侠盗。

不过就算是夜晚,也未必没有警卫,潜入时也不能保证不会遇到职员。无论如何,朱鹮如此珍贵,它既是特别天然纪念物,也是国际保护鸟类,保护中心必定有人值夜班,警卫常驻的可能性也很高。

在春生读过的故事中,专家总是在预想最坏情况的前提下展开行动的。自己虽然是彻头彻尾的门外汉,但在此还是应当采纳专业的意见。很明显,绝对不能失败。如果半路被捕,一切都会结束,再没有重来的机会。那样的话,自己又将不得不忍受那些可恨的嘲笑与冷眼了。比狗屎还不如的下等混蛋盛装打扮蜂拥而来,得意扬扬地交头接耳说什么荞麦店家的长子真是个地地道道的变态大傻蠢家伙,一个个神魂颠倒、小便失禁、满身呕吐物。

也就是说今后的世界都将牢牢固定在唯一一种表情上了。

需要武器。这是春生的结论。如果被警卫或者保护中心的员工发现,战斗将不可避免。为了保护自己、实现最终的目标,只能战斗。然而春生没有在肉搏战中

朱鹮

取胜的自信,而且空手对战的想法也不合理。必须弄到某种能在刹那间让对方不能行动、长时间限制对手的东西,春生想。为了对应最坏的情况,无论如何都要搞到那种东西。

在检索栏中输入"高压电枪",点击检索,显示出"4195件"的字样。加上"网售"再次检索,得到"1534件"。这样还是太多。再加上"手铐"检索,变成"32件"。春生从中选了一家号称"业界品种最全!大特价销售!"的大阪商家,访问了这家公司的网站。

尽管不确定是不是真的"业界品种最全",不过商品的种类和数量确实都很丰富。春生有过几次网络购物的经验,不过购买防身用品还是第一次,经验不足,花了很多时间挑选。单是高压电枪就列了十几种,还有弩枪、弹弓,以及各种刀具、警棍、双截棍,甚至连夜视仪都有。有这么多合法武器销售的事实让春生十分惊讶。

理想情况是全副武装,但因为经费必须从家里寄来的生活补贴里节省,全部买齐是不可能的。春生仔细阅读了商品说明之后,挑选了四种。这是综合考虑使用的方便程度、效力以及装备的平衡而选择的。

高压电枪,选择的是攻击力高,并且不易被敌人夺走的棍式电枪。尺寸很大,全长46.7厘米,重量500克,具有50万伏的威力,号称"最强"。据说只需5秒钟的接触通电,就可以将对手麻痹40分钟以上。原价是58000日元,不过因为是"热卖促销活动期间",减掉了12000日元。春生首先点下了这东西的订购按钮。

下一样春生看中的是催泪喷雾器。这东西的品种应有尽有,考虑到今后的开销,春生选择了最便宜的(2200日元)。成分是辣椒水3%,芥子气3%,四氟乙烷94%。遭到喷射的人会剧烈咳嗽,眼、鼻、喉都会剧痛,失去力量。有效射程约2米。与高压电枪联合使用,击退对手的效果必定会更好。

要准备几副手铐,春生有些犹豫,不过又想,两副应该足够了。根据环境省网站的资料,佐渡朱鹮保护中心的员工有"兽医、饲养员各一名,辅助人员两名,共计四名,负责饲养管理",据此可以推断,只要不是紧急情况,值班人员大概最多只会有一个,算上警卫也不会超过三

朱　鹮

个。即便真有更多的人值班，用50万伏的高压电枪当场击晕应该就行了。春生往购物车里加入了两副2800日元的镍钢制双重锁手铐。

春生最后决定购买的是求生刀。他考虑万一高压电枪无法使用，就需要用到辅助武器。与弩枪之类的武器相比，求生刀远为轻巧方便，用法也相当简单，在近距离战斗中极为有效。高压电枪的电击杀伤力很低，而利刃则可以永远封锁敌人的行动能力，在"最终解决"下定决心杀死朱鹮的时候也有用处。春生选了全长30厘米、刀刃17.5厘米的求生刀。7000日元的商品，除了皮套之外，还有火柴、指南针、磨刀石、鱼钩、鱼线、坠子等附属品。刀的种类特别多，不过除了潜入佐渡的时候，平时应该没什么随身携带的机会，买个便宜货也足够了。

四个品种五样商品，还要加上几千日元的消费税和手续费。超过两万日元免费送货，总计支付29140日元。春生预先设定的限额是30000日元，对于这次的顺利购物很是满意。接下来就是坐等货物送上门了。

要对付一两个人，有这些东西应该够了。警卫随身携带的最多也就是警棍之类的东西吧,而且很难想象佐渡朱鹮保护中心会对恐怖袭击有什么预案。不过,如果警察接到通报赶到现场,这些装备恐怕就不够了。因为警察有手枪。高压电枪、求生刀之类的武器终究无法与手枪抗衡。弹弓、弩枪虽然是发射武器,但都不能速射和连射,因而也很难有效,而且估计短时间内也无法熟练掌握它们的用法。遇到那种局面,春生想,也只能随机应变了。

想要万全之策,就必须有枪。

但让春生头痛的是,他不知道去哪儿弄枪。在幻想世界中,一般都是从黑社会手里买枪,但春生很不愿意直接和那样可怕的家伙打交道。而且,他的预算有限,卖主恐怕也不是那么容易就能找到的。不过话虽如此,但既然要在考虑最坏情况的前提下行动,就不能无视枪支的必要性。最终,春生决定也用互联网解决这个问题。他从地下网站的链接集找到了以违法信息为主的"超隐秘话题"网站,在BBS上匿名发帖"想要真枪"。春生留了免费邮箱的地址作联系方式,将可以支付的金额

朱　鹮

设定为"15万元以内"。15万元是一个月的房租与生活费的合计金额。

根据全国大学生活协同组合联合会于1998年秋季开展的调查,在东京都租房生活的大学生平均每月的花费是111830日元。

春生没有学籍,没有固定工作,连打工都没有。尽管如此,他每个月还是能得到超出平均线的生活费,随心所欲地生活。

不去上学,也不去工作的春生,要问他每天在做什么,就是整天对着电脑,一心一意想着朱鹮。他宅在自己的房间里,也没有人来拜访,自去年也就是2000年的10月开始,每天都在上网。他曾经出去工作过,但连两个星期都没坚持下来。虽说他并不是完全躲在房间里从不出门,也不是一天到晚都在搜集朱鹮的信息,但日子一天天过去,他的关注点始终集中在一点上。

然后,在今年一月末,春生终于想到了对他而言的"Nipponia nippon问题最终解决方案"。一条新闻报道说,优优与美美分别出现了预示繁殖期到来的生殖羽颜色,这逼迫他做出决定。

下单两天后,订购的商品送到了。

向快递员支付了29140元,在回执上按了印鉴,装有商品的纸箱便交给了春生。真是简单,春生想。因为在线商店的主页上写着"防身用品不向未成年人销售",所以他在订购邮件中谎称"二十岁",结果也没有人要看他的身份证。第一道关卡就这样闯过了。

不过弄枪的打算大概只能放弃。在BBS上发帖之后,立刻就收到了三封邮件,上面写的都是教训孩子的话:"15万?你做梦啊!穷鬼玩气枪去吧!""少年法修订了你知不知道?好好做你的小屁孩去。""去加入自卫队吧!"

之后一段时间没有收到任何邮件,于是春生再度试着在BBS上发帖。看来15万太少,于是这一回他把价格提到30万。这样一来,6小时后他收到了一封邮件,标题是"卖托卡列夫手枪(带8发子弹)"。信里写了那是"试射成功"的"真品",但要求必须要先将30万元全部转到指定的账号,否则不提供收货的方法,所以春生有些

朱鹮

犹豫,不知道该不该回信。

也许这是那种常见的诈骗手段,付款之后也不会发货。总之不能轻易相信。进行交涉的条件中就算有一句"绝对守信",先打货款也相当于一场胜率极低的赌博。而且这种情况虽然是在买东西,但就算被骗了也无法报警。也许对方确实是想做生意,但春生不知道如何才能确认。对于缺乏社会经验的他而言,该如何才能在避免对自己不利发展的同时与未知的人物打交道,他全无自信。不知如何应对的春生,最终决定除非同一个寄信人再一次联系自己,否则不做任何回应。只能看今后对方的态度来确定真假。

●

自己的姓氏"鸨谷"中的"鸨"字意思是"朱鹮",这是春生在初中一年级查字典的时候才第一次得知的。

从那之后,对他而言,朱鹮就成了很亲切的鸟,也是值得他产生兴趣的对象之一。不过刚开始的时候,对于朱鹮也就是比其他的鸟类多些亲近感而已,并没有刻意查阅文献资料去获取有关朱鹮的知识。除了报纸电视提及的时候有所关注之外,平时春生并没有太关心。

对于当时还是初中生的春生而言,朱鹮本身其实并无所谓,倒是更被它的境遇所吸引。朱鹮是极其珍稀的鸟类,在国家的保护繁殖事业中接受饲养管理,因而让春生感觉自己也像是特殊的存在一般,颇为开心。他深信"鹮"字就是证明珍稀度的符牒,甚至还向朋友们骄傲地自夸过。所以,春生非常喜欢"鹮谷"这个姓氏。没有人理解春生骄傲的由来,不过疏远反而更强化了他的妄想。

春生非常饶舌,因而更被疏远。

他坚信自己智慧超群,具有特殊的思想,同时也急于让周围承认这一点。他的饶舌不仅表现在与人的对话上,连写下的文字都受到影响。春生在家里每天都热情地记录自己的心情,在学校时则面对谈话对象指手画脚喋喋不休。春生的饶舌和过度的自我表现让许多人厌烦,一部分同学还在私下里咒骂说,真是碍眼的东

朱 鹮

西。虽然并不喜欢被人疏远,但春生缺乏自制力。

春生的初中成绩还算优秀。他的体格一般,不过打起架来就会变得不顾一切,非常凶悍,所以很少遭受直接的暴力。相应地,有段时间,他的东西常常被藏起来,或者被人悄悄弄坏。

因为知道是谁干的,所以春生通过以牙还牙的方式应战。虽然没有完全阻止这些事情,不过在一段时间的互相揭短之后,事态逐渐趋于平静,升到初三之后,便随着换班而平息了。在此之前,欺凌的矛头也已经指向了别的方向。

初中三年,没人称得上是春生的好友。不管在哪儿,春生都像是在演独角戏。不过即使如此,他也没有想过少说话来改善自己的坏形象。他绝不菲薄自己。就像其他许多年轻人一样,他一边对世界怀有各种误解,一边对现实的迟钝咬牙切齿。他相信,等到长大之后,自然就会置身在自己应该身处的环境中了。那是他的伊甸园,是没有敌意与恶意的、满是好意与敬意的温暖世界。他常常想象朱鹮们在那样的乐园天空中自由翱翔的景象。

对朱鹮的同情,以及对相关事实的认知,在春生心中逐渐发生变化。

上高中那一年的一月,中国向日本赠送了洋洋和友友。五月,日本首次通过人工繁殖孵出雏鸟,这也成为当时的热门话题。春生对此像是自己的事情一样开心,但不想附和世间的祝贺浪潮,宁愿对周围保持沉默。在当时的日记中,他写道:"无法顺畅表达情绪,好像是堕落得和大众同流合污一样,很头疼。"媒体的报道仿佛将朱鹮的保护繁殖事业提高到国民极其关注的高度,可是显而易见这只是一时的现象。在这股浪潮中,春生得知雏鸟的名字将在小学生中征集,更觉泄气。他觉得作为濒临灭绝的崇高物种,朱鹮受到的待遇太轻率了,为此甚至感觉很愤怒。每当电视新闻上播放雏鸟哺育情况的时候,春生都察觉到喜悦的情感在冷却。

好像有什么地方弄错了——朦胧的怀疑日复一日地膨胀,在日记中反复出现。春生意识到,有什么东西让自己很难接受。

朱　鹮

被起名为优优的雏鸟诞生，让大众视之为避免了日本 Nipponia nippon 血统的断绝。然而优优是中国的朱鹮在日本生的孩子，日本产朱鹮的灭绝已然无可挽回。

只要意识到这一点，围绕"朱鹮二代诞生"的庆典全都成了自欺欺人。可以想见，人们要的无非只是个能让大家高呼万岁的口实。春生认为这是为了缓解"无底萧条"的负面气氛。社会上的人一如既往，不肯面对现实，整天醉生梦死，装作那些不合自己心意的事情不复存在——用通常的说法来讲，就是站在不负责任的立场上，腐化"世间大众"，让人沉迷在无脑的快乐里。

在斟酌媒体的报道姿态、寻找问题核心的过程中，春生产生了另一个疑惑——国民关心的实态，其核心是否仅仅出于对朱鹮生殖活动本身的卑劣趣味呢？说到底社会无非也就是这种层次，春生断言。

就像通常所说的那样，日本国民所想的只有性。而且光是人类的性还不满足，连鸟类的交配也会投去好奇的目光，似乎是想勤勉于新式的自慰。赶尽杀绝之后就彻底转变了态度，仅仅生了一只就好像拯救了整个物种,得知朱鹮也会性交就大声喝彩。

朱鹮不该参与这些疯子的虐待动物表演,春生想。所以,至少从自己开始,必须要停止依赖朱鹮,春生下定决心。他拒绝自己堕落到"世间大众"中去。

不过春生也并没有切断一切对朱鹮的关心。

去年10月1日赴京的他,因为受到深邃孤独感的折磨,再度被朱鹮的境遇吸引。原本他的朋友就少,现在周围更没有一个认识的人,连和谁说话都不知道,这样的每一天绝不会令人愉快。连爱恋的人都看不到,这样的生活经常会引来内心的苦痛。在如此孤独的每一天里,在寻找心灵寄托的过程中,"鸨"字再度联系到朱鹮上。春生将之理解为获救的丝线。

新萌发的对朱鹮的移情,在性质上与之前略微有些差异。

去年初秋,春生的人生发生了转折。自己从高中退学,离开故乡,开始在东京一个人生活。这绝非他自己的希望,仅仅是接受父母的提议而已。一开始听到这个建议的时候,春生认为是狠心的抛弃,十分气愤。不过

朱鹮

事到如今春生也开始认可它是正确的选择。不管是高中退学,还是不让自己在家乡生活,抑或是没能对她充分表达自己的痴情,这一桩桩虽然都不能说是自己的本意,但却都是遵循命运而发生的。春生这样解释事态的推移。人人相互敬爱的温暖世界并不存在——作为放弃伊甸园的代偿,春生的妄念反而得到了强化。

以前为了逃避孤独,只能躲进幻想和虚构中。除了这个,春生没有找到别的办法。也许是因为太过年轻,经验不足吧。刚来东京的时候,他也曾摸索过打破不合理的现实、展现自己存在意义的方法,然而结果只有抑郁。

不过,现在自己前进的道路却变得清晰可见。虽然耗费时间,但春生知道自己终于也有了可以称之为目标的东西。幻想不再是逃避的手段,而变成了达成目标所需的训练。有些事情,不管付出多大的牺牲也要实现——不知道算是幸运还是不幸,正是朱鹮所处的状况让他这样想。

在了解朱鹮现状的过程中,电脑是最有用的工具。

要开始单身生活,必须购买新的电脑、申请互联网服务。春生这样告诉父母。除此之外,他还要求随时连接高速线路的网络环境,这是答应自己被放逐到未知土地上的条件。

这些要求并不是出于什么特别的原因,只是因为春生认为这是自己理所当然的权利。如果有自己专用的电脑,还能随意访问网站,也许就可以忍受孤独的生活——离开家乡之前,他这样想。以乐观的视角去看待放逐到东京的事实,那并不是对现实的妥协。住在家里的时候,网络只是低速线路,访问网站也受限制,连电脑本身都是和弟弟共享,很少有机会自由使用。带着一半自暴自弃的念头,春生安慰自己说,到了东京就可以为所欲为了。

新生活的准备,很多地方都麻烦了父亲的老友,一个名叫三泽史郎的人。他和春生的父亲俊作是高中同学。从租房到找工作,大部分事情都拜托了三泽。三泽的妻子还准备了琐碎的生活用品。搬家的当天,春生只和父母一起去买了笔记本电脑和手机,别的基本上什么都不用弄。到了晚上，房间差不多就整理好了，网络也接通了。第二天三泽把春生领去自己经营的面包店，告诉他今后就在这里上班。把荞麦店的儿子培养成出色的面包师，三泽一边说，一边放声大笑。

三泽史郎给人的印象，与其说是忠于友情，不如说是喜好面子。春生心中不耐，冷眼旁观父母和三泽言不由衷的说笑。话虽如此，在面包店上班倒也并不别扭。虽然春生的志向不是当个面包师，不过有份工作也不是坏事。

白天在面包店工作，回家以后就上网直到天快亮。这样的日子持续了一段时间，结果睡眠严重不足，刚刚一个星期就开始厌烦上班，经常迟到。尽管春生知道这就是所谓的"网络依赖症"，但并没有改变自己的生活习惯。在面包店的时候，一边打发杂务，一边回想前一天夜里沉湎的BBS帖子，心神不宁，很快就对工作完全失去了兴趣。连出门都感到厌烦的情况越来越多。一个人躲在房间里，常常变得忧郁、愤怒，但即便如此，感觉还是比去上班好。

上网很有必要,有益之处远比学习做面包要多。

以前琐碎的念头和感兴趣的东西过一段时间就会逐渐淡薄,然后彻底遗忘。

但现在这样的情况少了。一旦发现有什么感兴趣的词汇,当即就会去网上检索,直到获得满意的结果为止。这已经成了春生的习惯。

春生就是这样抚慰自己的孤独,在网上学习各种东西。

赴京之后不久,碌碌无为的日子逐渐多了起来。但在找到目标之后,情况就变了。由于没有交谈的对象,写在日记中的文字便越来越多。而只要电脑能够保存记忆,就不用抑制自己的欲求。写在电脑上的文章,读来思路井然,全无含糊其词之处。也许正因为如此,春生认为自己一直走在正确的道路上。他相信自己之前的人生也都是井然有序的。

领悟到自己的人生毫无意义,即便对春生而言,也会是无比恐怖的事。

沉迷于搜索引擎,也是起源于对自己姓氏的关注。

朱 鹮

一开始,春生品尝到些许的失望。他本想确认鸨谷这个姓氏的珍贵,结果却偏离了他的期待。

关键字"鸨谷"的检索结果比较少,只有"49件",这让他得到了暂时的满足。但是,印象很快就被颠覆了。首先,出乎春生的意料,他发现除了鸨谷之外,包含"鸨"字的姓氏还有很多。他不禁为自己初中时候的言行感到害臊。仅仅他自己的检索就发现有鸨田、鸨泽、鸨巢、鸨波、鸨根等姓氏,甚至还有单独一个鸨字的姓氏。这些一旦开列出来,鸨谷就显得十分平庸,毫无独特之处。那么,在带有"鸨"字的姓氏中,哪个最珍贵呢?春生对这一点也做了调查,结果却更加失望。按照检索结果从多到少排列,鸨田"1640件",鸨泽"157件",鸨巢"69件",鸨波"30件",鸨根"2件"(单独的鸨字无法限定范围,所以排除在外)。鸨谷是"49件",差不多处于中间位置,平庸的地位没有变化。

虽然很失望,不过以"鸨"字作为关键字的开头进行检索,春生还是发现了若干有趣的信息。

千叶县长生郡长柄町有个地名叫鸨谷。千叶还有好几个地方也有"鸨"字。另外,以前千叶似乎是朱鹮的栖息地。

NTT东日本各分店制作的地域信息介绍网站"Hello Net Japan"的"千叶"栏目当中,关于千叶县东金市,有着如下的记载:

> 室町末期,千叶氏一族在名为边田方村(位于今天的八鹤湖畔一角)的地方修筑了鸨岭城。"鸨岭"的名字来源于当时在这里栖息的大量朱鹮。据说"东金"也是来源于"鸨岭"的名字。①

自己的祖先恐怕是在千叶生活的,春生推测。说不定就在千叶县长生郡长柄町鸨谷。在那个地方,无数朱鹮飞落到地上捕食河蟹、田螺、泥鳅的景象,肯定就像家常便饭一样。过去有许多人就在那里等候朱鹮的到来,狙击、生擒、击杀、拔毛、吃肉。人们蜂拥而至,恣意妄

---

① 日语中两者发音相近。

朱鹮

为,疯狂杀戮,直至将一个物种逼入灭绝的境地——在武断思考和混淆事实的最后,春生独自创造出想象中的悲惨景象。

也许我的祖先也是其中的一人——春生下意识地产生出这样的疑惑。在千叶的鸨谷地方生活,依靠捕捉朱鹮来维持生计的人,就是我的祖先吗?正因为如此,对朱鹮的执着才会盘桓在我心中,久久不散吗?也许这就是真相……

春生没有探究这些淡淡幻想的真伪,因为了解真实的过去终究是做不到的。春生这一支在很久以前就与鸨谷的本家断绝了往来,很难寻找线索。就算报出鸨谷这个姓氏,一来户主不在,二来当地也没有同姓的血缘。

春生的祖父鸨谷守于1988年9月19日离家出走,行踪不明。在那之前,祖父的亲属关系就已经很生疏了。祖母实代禁止家里人提及任何祖父的话题,就算孙子问起来也死不开口。一句话都不说就离家出走,实代想要忘记这样可恨的丈夫。

那是春生五岁时候的事,而且父母也没有仔细解释过,所以实情只能靠想象。祖父大概是去找情人了,春生推测。但是,找出真相并不会令状况好转,也想不出会有什么有益的地方,也就没有继续追究。而且春生也从未想过要找祖父,虽说这也并不是因为同情祖母的缘故。他对祖父的印象很淡薄,也没有特别受宠的记忆,感觉就像是远房亲戚似的。

不论真伪,春生没有抛弃自己的妄想。

一想出自己的血脉来源于"朱鹮猎手"的故事,春生便对此深信不疑。他也没有调查实际情况、追溯鸨谷家的血脉,就这样认定了。虽然这只是毫无根据的相信,不过却也可以当作必然的趋势来看待。

鸨谷这个姓氏,原来并不是证明珍稀度的符牒,而是展现了继承自祖先的杀害朱鹮的血统烙印——这样一想,春生心中便浮现出极其鲜明的图像,让他感到深刻的寒意,不禁颤抖起来。这的确是可怕而不详的推断,但不知为何就是无法停止想象。春生兴奋不已,想要对人倾诉,然而由于他是独自一人,此起彼伏的话语只能在头脑中卷起旋涡。

朱　鹮

就在这样的状态下,春生心中忽然涌起一点兴趣——随后又唤起了追忆的情绪,让春生想要逃避到其中去。

佐渡的朱鹮,现在怎么样了……

10月14日傍晚,中国配合朱镕基总理访日而新赠送的朱鹮雌鸟美美,抵达了新泻县新穗村的佐渡朱鹮保护中心——10月15日星期天中午的电视新闻节目报道了这条消息。

每月的第一和第三个星期天是面包店的休息日,所以春生从前一天晚上开始就没睡觉,一直在网上闲逛。终于上床的时候,他看到了这条新闻。播音员说,美美被选为优优的伴侣。听到"伴侣"这个词,春生感到自己的血液流动加快,睡意全消。

春生感觉,传达美美抵达消息的新闻,仿佛告诉了自己某种比单纯的事实更多的东西。自己刚好对朱鹮再度产生兴趣,随即便看到了美美的新闻,这让他觉得不可能是偶然。

被朱鹮吸引,春生的脑海中第一次浮现出命运这个词。命运。念出这个词的时候,虽然感觉颇为夸张,但春生的心中也有强烈的悸动。与其说那是不安,不如说是近乎畏惧的心情。

要多了解朱鹮,春生想。

从第二天开始,他再也不去上班了。

•

互联网搜索引擎"goo"的"便捷工具国语辞典"中,给"鹮"这个字做了如下定义:

■"鹮" 大辞林第二版检索结果 数据来源:三省堂

Bao【鹮,朱鹮,桃花鸟】

又名朱鹭。鹳形目朱鹮科的鸟类。学名Nipponia nippon。全长75厘米。全身覆盖白色羽毛,后头部有长冠羽。翅膀和尾羽呈淡红色,面部裸露

朱　鹮

部位与脚均为红色。繁殖期羽毛变为灰色。黑色长喙向下弯曲。日本的野生朱鹮于1981年（昭和五十六年）灭绝，目前仅确认在中国陕西省繁殖。为特别天然纪念物及国际保护鸟类。

除了上述内容，还有一条说明指出"鸨"字还有一个读音，意思是"朱鹮的别名"（出自《新撰字镜》）。无论哪条解释，"鸨"字都只有朱鹮的意思。春生再度确认了这一事实。他接着又检索了"Bao"这个读音。①

有关"Bao"的网页超过9000个，需要把范围缩小到主要目标上。春生起初是在佐渡朱鹮保护中心、环境厅（2001年1月6日以后改为环境部）等政府机构的网站查询，接下来又选择了若干新闻报道加以浏览。即使如此，全部读完也花了许多天，不过春生十分热衷于此，一点也不觉得辛苦，认真仔细地读完了那些内容。

---

① 这里说的都是日文中的"鸨"字，中文里的"鸨"字含义与日文完全不同。至于读音，原文是以日文假名表示的，这里从权以汉语拼音代替。

逐渐了解了保护繁殖事业的现状之后,春生回首优优诞生时大众的兴奋,感觉到比以前更为强烈的违和感,就像是衣服扣错了纽扣一般。似乎最为核心的要点一如既往被敷衍过去似的。

春生在日记里如此记录日本朱鹮的情况——"在无数树木的包围之中,朱鹮被隔绝在管理建筑里,受到国家的严密保护和抚养。每天有大量游客前来参观朱鹮的生活,人们的关心点主要集中在朱鹮的交尾和繁殖上,每个人都盼望朱鹮就算只有一次机会也要多多生养。Nipponia nippon 的血统不能断绝。"

但在当下这个时间点,日本产朱鹮的灭绝已经确定无疑了。1995年4月30日,最后一只日本产的雄鸟阿绿猝死。而当阿绿与借自中国的雌鸟凤凤产下的都是未受精卵的事实判明之后,事实上就意味着日本产朱鹮的灭绝无可避免。目前残存的日本产朱鹮全都是失去生殖能力的高龄鸟。

环境厅自然环境局网页上的行政资料"朱鹮情报"栏目中,如此阐述日本和中国的朱鹮现状:

朱　鹮

日本与中国的朱鹮现状

1. 朱鹮

全世界仅存于日本与中国,分类学上属于同种

学名　Nipponia nippon

当前(平成十年末),日本1只,中国130余只

2. 日本的朱鹮

目前仅有1只"阿金",雌性,31岁,已无繁殖能力

作为环境厅保护增殖事业的对象,饲养于佐渡朱鹮保护中心

3. 中国的朱鹮

1981年(昭和五十六年)于陕西省秦岭山脉重新发现,共计7只

1983年　于陕西省洋县设立朱鹮保护所

1998年 （平成十年）野生鸟增加到60只以上，人工饲养共有71只

4. 日中朱鹮保护交流

(1)日中交流中的繁殖事业

○欢欢的借用 昭和六十年至平成元年(4繁殖期)

由北京动物园借用欢欢(雄)，与阿金(雌)配对

未能成功，归还中国

○阿绿的入赘 平成二至四年(3繁殖期)

将阿绿送至北京动物园，与中国的遥遥(雌)配对

未能成功，领回佐渡

○借用中国的成对成鸟 平成六至七年(1繁殖期)

由洋县朱鹮救护饲养中心借用龙龙(雄)凤凤(雌)的成对成鸟

饲养中，龙龙(雄)猝死，凤凤(雌)归还

朱 鹮

（2）对中国朱鹮保护事业的协助

截至目前，通过JICA、环境厅、民间基金、募捐等，对如下事业提供了协助：

修缮饲养繁殖建筑，提供监控录像、车辆等设备

派遣调查、饲养专家，援助调查栖息状况

支持科学普及事业

因为这是"当前（平成十年末）"的状况，所以没有包含第二年诞生的优优及之后出生的新新、爱爱的名字。

在"日本与中国"的图景中，优优、新新、爱爱会占据怎样的地位——春生对这一点很感兴趣。可以想见，血脉在中国、诞生地在日本的朱鹮，出生问题将会引来各种麻烦。

社会大众将会如何看待优优、新新、爱爱这些新世代朱鹮的暧昧身份？关于这一点，春生首先注意到以下新闻：

"朱鹮整版特辑"我的国籍在哪里？优优的独白

2000.06.17 共同通信 共A3T637社会308S02(全537字)

我叫优优,一年前生于新潟的佐渡岛,今年也有了弟弟。但有件事情我始终耿耿于怀。出生于日本的我们,到底是不是"中国鸟"呢？周围人也是意见不一。

"给雏鸟上户口吗,是按属地主义,还是按属人主义①?"在我出生前一年的5月,已故前首相小渊惠三曾经这样说过。问环境厅,野生动物课的人虽然说:"本厅负有管理责任,所以国籍是日本",但也显得比较为难:"追根溯源是在中国……也许没有国籍才对。"

早稻田大学的名誉教授(民法专业)篠塚昭次主张我们是"日本的鸟"。"因为这是赠予天皇的。

---

① 属地主义和属人主义都是确定国籍的方针,属地主义是指出生于某国的领土内即自动获得该国国籍;属人主义是指跟随父母的国籍而定。

朱　鹮

可以认为是将个人所有物委托给环境厅管理"。

野生动物学家,京都大学研究生院理学研究课助手村上兴正认为:"日本的朱鹮与祖先可能存在差异,应该分析遗传基因,判断是否为同一种。不过,既然来了,应该算是取得国籍了。"

"饲养费需要花费税金,这一点目前尚未取得民众的理解。要成为日本的鸟,首先需要民众的同意。"这是新潟市民意见调查员大泽理寻律师的意见。

我的烦恼一直没能解决,但我还是决心效仿隔壁的阿金奶奶努力生活,为日本的朱鹮繁殖贡献力量。

全是谎言。春生想。

春生在日记中这样记录自己的思考——"如果只是将重点放在保护繁殖事业上,关于'国籍'的讨论就没有意义。但仅仅因为学名叫作'Nipponia nippon',便导致朱鹮问题常常与国家联系在一起。或者说,正因为具有

'Nipponia nippon'的学名，朱鹮保护事业才被置于非常特殊的位置，处于小心谨慎的推进之中，不是吗？与其他濒临灭绝的物种相比，朱鹮目前显然受到了优待……

"也就是说，这个国家的人，没有自信声称优优是'Nipponia nippon'，或者说是'日本鸟'吧。虽然很难判断对谁有利，不过很多人对于'Nipponia nippon'的学名，远比对于朱鹮这一生物本身更加执着。就好像这件事对国家命运会产生莫大影响一样……

"但尽管朱鹮受到优待，也只是出于人类自己的动机而已。优优等新一代的朱鹮，仿佛被滥用于这些事情当中。或者说，在日本产朱鹮的复活与学名'Nipponia nippon'的存续当中，它们扮演了不可或缺的角色，因而必须活下去，不是吗？"

——在不断的思考中，春生甚至产生了上述的怀疑。

越是搜集信息，怀疑越是强烈。

"新泻asahi.com"的"企划特辑"页面上连载的"朱鹮日记"，在2000年11月19日的文章中说，"早稻田大学石

朱鹮

居进教授(生物学专业)做过关于日中朱鹮遗传基因的分析结果报告,发现两国朱鹮的遗传基因较为接近"。而且同一篇文章中还写道,"石居教授说,'这证明了不仅在分类学上,在遗传学上也是同种'。以后将不仅根据年龄与适应度,也可以从遗传基因的角度挑选伴侣"。春生介意的是"两国朱鹮的遗传基因较为接近"这一点。所谓"较为接近",听起来似乎是说并非同种的意思。

春生尝试输入"石居进 早稻田大学 朱鹮 遗传基因"作为关键字进行检索。结果显示相关网页有"9件",春生从中找到了早稻田大学的报纸"早稻田新闻"的网站,了解到更加详细的信息。

报纸中有一个连载栏目,是以早稻田大学的教师为采访对象的"研究最前线"。第919号(2000年11月20日)是教育学部教授石居进接受采访。在以"拯救濒临灭绝的朱鹮!基因研究挑战生命的神秘 联结早稻田与佐渡的早稻田人脉"为题的报道中,石居教授做了如下解释:

父子兄弟等在遗传上很相近,但近亲交配并不是好的选择。同时,关系太远将会导致种群不同,也会给日本朱鹮品种的存续带来困难。不过,这次检查发现两者的基因距离刚好合适。打个比方说,就像日本人和中国人的区别那样。

重点在于,优优、新新、爱爱,不是"日本人",而是"中国人"。按照石居教授的见解,"在分类学上,在遗传学上也是",优优等就是中国的朱鹮。不过,这一事实本身并不是特别重要。春生最关注的乃是石居教授的如下发言:

> 中国的朱鹮也许能产下具有日本朱鹮基因的卵。

讽刺的是,"早稻田通讯"第919号的"研究最前线",主要写的是利用克隆技术实现日本产朱鹮再生的研

朱　鹮

究。从阿绿遗体的主要内脏器官中提取出的细胞正处于冷冻保存中,据说将来很可能利用这些细胞进行克隆繁殖。环境厅接受石居教授的提议,正在以"朱鹮保存·再生项目"的名义推进这样的计划。

春生想,这很危险。要说对谁危险,当然是对朱鹮危险,他认为。"朱鹮保存·再生项目"的推进,必定会将优优、新新、爱爱逼入更加危险的境地。

春生这样阐述自己的理论——"看起来,不复活日本产朱鹮,'朱鹮保存·再生项目'的相关者绝不肯罢手。他们必然死死咬住日本产的血统不放……与'国籍'的情况一样。也就是说,他们嘴上号称最需要解决的课题乃是保护繁殖朱鹮这种珍稀动物,实际上最大的目的并不在于此,而是在于'日本'这个名字、血脉与国家的'保护''繁殖''保存''再生'。

"当然,对于国家这一制度而言,这是非常正确的理念,可以说是理所当然的判断。对于国家而言,最重要的是谨守国家的范畴。从这一意义上说,没有半点错误。正因为如此,一方面肆无忌惮地破坏环境,另一方面又在讴歌'濒危物种的保护繁殖',努力促进朱鹮的繁衍。对于两者之间的矛盾,毫无害臊的必要。从国家的立场上看,朱鹮这一生物的繁殖本身没有任何意义。

"可是,在这样的情况下,优优、新新、爱爱会落到什么样的下场?这些新世代的朱鹮们,终究只是为了以克隆技术复活的日本产朱鹮,才得以存活下来的吗?'中国的朱鹮也许能产下具有日本朱鹮基因的卵'。我不得不认为,石居教授的这句话实际上佐证了这一观点。所谓'中国的朱鹮',确实包括了优优、新新、爱爱它们。换句话说,它们仅是为了'产下具有日本朱鹮基因的卵'的媒介而已,不是吗?如果他培育出继承了阿绿等日本产朱鹮血脉的雏鸟,人们会如何对待优优、新新、爱爱呢?到了那时候,在日本诞生的中国产第二代朱鹮,谁能保证它们不会因为基因的差异而受歧视呢……"

为了朱鹮,特别是为了优优、新新、爱爱,必须助它们一臂之力,春生想。但是这并不是出于义愤。硬要说的话,其实更像中奖一样的感觉。仿佛看到了一部分命运的内容似的。

朱鹮

春生产生的疑问,大体上也是被1999年6月17日《每日新闻》东京日刊上刊登的"记者之眼 朱鹮的喜庆报道,过热的'国内首次'"(新潟支局,铃木泰广)这篇评论引出来的。评论一开始便说:"但也觉得过热了。人工繁殖是为了谁?父母是中国出生的伴侣,雏鸟是日本国籍吗?尽管有许多问题找不到答案,但媒体还是不断在做'喜庆报道'。"文中还穿插着这样的观点:"许多媒体——包括我自己在内——一方面拒绝'中国产',另一方面又为'国内首次'激动;又有一些人因为'反正是中国产',从一开始就不感兴趣。表面上这两种人似乎水火不容,实际上,两者的潜意识里都隐藏着某种民族主义。"记者最后如此写道:

> 许多人欢呼雏鸟诞生是"朱鹮外交的成功"。烦恼于游客减少的地方经济界也趁着这个大好机会积极宣传。原本属于"环境问题"的朱鹮人工繁殖,不知什么时候被人类变成了"外交问题""经济问题"。让我不禁感觉所有的一切都是按照人类书

写的剧本展开的。

完全正确,春生想。但仅仅说出正确的见解,并不能解决任何问题。就由我来彻底打破这个"人类书写的剧本"吧——春生在心中自语,心情十分愉悦。那是久违的、刺激的决心。

自己会不会也只是企图利用朱鹮获取自我满足的一个人呢?诸如此类的自省,春生从没有想到过。这时候的他,对自己的善意深信不疑。话虽如此,春生其实也只是想要利用朱鹮来破坏"人类书写的剧本"而已。不过等他清楚意识到这一点,已经是很久以后的事了。

无论如何,找到过激的目的而产生的愉悦,也抑制了否定的情感。仅仅纵情想象如何破坏"人类书写的剧本",兴奋感便剧烈膨胀起来。让社会震惊、失望之事,似乎会带来深切的感动。这种期待也潜伏在兴奋当中。也许还可以由此克服将自己与本木樱分隔开来的蛮横试炼吧,春生想。

朱　鹮

●

春生将不再去面包店上班的结果归罪于三泽史郎。他告诉父母,自己不仅被当成奴隶一样使唤,还遭受暴力对待,所以不想再去那家伙的店里上班了。春生还说自己遭到其他员工阴险的欺凌。全是谎话。

三泽当然也不是没有打过他,面包店的工作气氛对于春生而言也没有达到可算舒适的程度。不过,和其他店家相比,三泽面包店的劳动环境并没有更恶劣。顾客对面包店的评价也不差,还上过一次杂志,在当地算是小有名气的店铺。三泽也打算好好对待春生,因为他是老朋友的儿子,也考虑到他是刚开始独立生活的问题少年,情况颇为复杂。这不是三泽第一次接受问题少年,春生也不像是那种叛逆的不良少年,三泽自信可以驯服。在每天的朝夕相处之中,三泽甚至开始觉得春生可以信赖。然而这是误判。

缺勤第三天的早上,固执的敲门声把春生吵下了床。敲门的是三泽史郎。第一天缺勤,店里打电话过来问的时候,春生撒谎说自己感冒了,结果第二天三泽的妻子带了药和食物过来探望,谎言被揭穿了。

春生没有放三泽进门。三泽虽然有钥匙,但里面还挂着门链,进不来。三泽想撬门闯进来,春生用打火机去烧他的手和脸,挡住了他。三泽惨叫一声,离开大门,暴露出本性,破口大骂春生,还扬言要报警。过了一会儿他冷静下来,整理呼吸,缓和态度,用不带感情的声音开始轻声细语地说教,春生置若罔闻,过了一个小时,三泽终于放弃,回去了。

三天后的星期六,父母从家乡赶了过来,而春生依然拒绝他们进门。父母害怕触怒春生,没有采取强硬的态度,温声和他说话,让步说,不管什么原因,不想去上班就不用去,只求春生让他们看一眼。母亲抽泣着说,见不到他就不回去,而父亲则一言不发,时不时咚咚敲门。

从门上的猫眼往外看,只见门外站着一对中年夫妇,满脸悲哀,犹如参加葬礼般沉痛。春生盯着鱼眼透镜的放大图像看了几秒钟,感觉像是看电影一样。虽然是第一次透过透镜看到父母的影像,但这却如日常的风景一般。从梅雨时节开始,春生的父母就一直对人低声下气地道歉。两个人为了长子惹出来的麻烦,不厌其烦地向学校、向警察、向本木家的人道歉。父母真是辛苦,春生想,但丝毫不觉同情。他甚至还感觉父母太过浅薄,只会谢罪,想不到更适当的应对方法。他还抱怨过父亲:明明本来是自卫官,把这些叽里呱啦的家伙揍跑不就好了。

春生的父亲俊作,曾经是陆上自卫队第二十普通科连队的一员。入赘鸫谷家的六年后,老丈人失踪,翌年他便退伍继承了荞麦店的家业。如今年过四十的俊作身体瘦削,十年来战斗训练生活中锻炼出的体格再看不到半点踪影,性格也变成了沉稳的和平主义者。当年是轻率嗜酒、喜欢玩乐的人,换了职业之后变得异常沉着,周围人也评价说荞麦店的女婿是个认真的人。春生看不起这样的父亲,从上高中开始就用当他是白痴一般的露骨态度对待他。讨厌家业的春生,乃至将父亲辞去自卫官的行为定性为愚不可及的逃跑。俊作只能无视春生不断增长的蔑视举动,在家里也不太说话了。

到最后,春生只允许母亲进自己的房间。被挡在外面的父亲说他再去面包店向三泽史郎道歉,走下公寓的楼梯。父亲的背影显得十分寂寞,春生只用蔑视的眼神望了一眼,连招呼都没有打。

春生从床上俯视着恭恭敬敬坐在地上的母亲,倾诉了自己的不满。难得找到一个顺从的听众,春生痛痛快快地说了一番,添油加醋地把三泽描绘成一个大恶人。春生的母亲瑞惠频频点头,侧耳细听,装作对儿子的谎言深信不疑。大约是想让春生认可自己站在他这一边,母亲突然插话说,既然遭遇这样的虐待,就应该去报警。春生对此哼了一声说,那倒不用。即便如此,瑞惠还是连声附和,用近乎对待幼儿般的语气委婉地问:

"那,怎么办呢?要不要,找找,别的工作?打零工,找找看?怎么办呢?小春……"

春生沉默了半晌。眼下有关朱鹮的调查刚刚开始,还没有找到特定的目标,磨磨蹭蹭的情况也变少了。他

朱 鹮

从心底盼望的是回到家乡与本木樱相会,但本木的父母放出话说,春生再敢靠近女儿一步就报警抓他,所以还需要做好相应的心理准备。

现在时机不对,春生在这样想的同时也觉得最好把她彻底遗忘,如果能做到的话。就因为她的缘故,我被当成满脑子色情想法的猿猴,不知道什么时候会被关进动物园笼子里,连力气和智慧都被剥夺掉——春生产生出这样的危机感。他也曾努力克制自己的欲望,甚至自己也知道,对于本木樱的爱恋太让自己焦躁,使得思维都陷入了混乱,无法摆脱原地踏步的状态。然而对于年轻的春生而言,这种情绪无法轻易割舍,赴京之后依旧心曳神摇,深切的孤独也更煽起心中的纠葛。

怎么办呢?母亲又问了一次。春生回答说,不上班了,去上学。大概明年会去做大学入学资格认定,合格了就去考大学。这番话一说出来,母亲顿时露出明媚的笑容,轻轻一拍手,摆出拜佛的手势。她的喜悦似乎是发自内心的。

与半年前相比,瑞惠看穿春生谎话的眼力增长了不少,但是听到本人亲口说出积极向上的话,母爱解除了怀疑的戒心。"这一个星期,自己一直在考虑将来,最终下定了决心。"春生又加了一句。瑞惠更恨不得满足儿子的一切要求了。在劝春生赴京的时候,瑞惠就期待春生什么时候会想要再次学习,还订购了资格认定的资料研究了一遍。所以这是令她无比欣喜的消息,变得有些盲目也是情有可原的。

春生以考试为借口,抓住母亲的爱心,催促她今后任何事情都不要干涉自己,只管寄钱来。瑞惠小心翼翼地提议说,是不是去上个预备班、报个函授什么的。春生拒绝说,多此一举,毫无必要。瑞惠做好被斥责的心理准备,问他一个人生活真的没问题吗?春生顿时皱起眉头,指着自己的笔记本电脑说,有这个东西就没问题。他又说,自己已经利用网络开始学习了。说这话时,他脑海里浮现出朱鹮鲜明的身影。

尽管丝毫没有应试的意图,春生的心思却明显倾向于学习。某种预感正在生根发芽:通过思考朱鹮的情况、开展各种调查,也许可以将自己从对本木樱的执着

朱　鹮

中解放出来。至少这几天沉湎在阅读有关朱鹮的报道中，兴趣的对象都集中在这一点上。从"鸧谷"的检索结果，到"千叶县长生郡长柄町鸧谷""东金"的信息，还有后来看到关于美美的新闻，让自己被某种多少有些焦躁的怪异使命感驱使——春生一边和母亲继续对话，一边切实感觉到这一点。也许，哪怕是为了早一天忘记本木樱，也应该积极投向这股使命感，他想。

春生试着问母亲，你知道我们家祖先是什么人吗？

"哎，那个啊……不知道哇……你爷爷那样子了，妈妈也问过，记不得了呀……"

还是不知道的好，春生嘟囔了一句，微微一笑。母亲问他怎么问这个问题，他笑而不答。

瑞惠带着疑惑，恢复了卑怯的表情，用不安的语气说出自己的部分本意。

"小春，我觉得呀，一个人过总是太辛苦了，妈妈觉得呢，每个星期呀，是不是过来看看……你要专心学习，家务也很累的，不放心……"

春生一脚踢飞垃圾桶，抓起餐巾纸盒砸过去，打断了母亲的话。已经表达过的意思还要再说一遍,这是他不能忍受的。瑞惠像是察觉到他会踹自己,慌忙退到墙壁旁边,像土鳖虫一样身体缩成一团。看到这副模样,春生更加生气,朝母亲怒吼。

"我打死你!"

逼母亲答应增加生活费、绝不干涉生活之后,春生终于不再咒骂。趁这个机会,生活费的总额从12万提高到了15万。春生本来要求20万,可是母亲双手合十苦苦哀求说这个实在拿不出来,求他放过自己。她主动提议说,作为补偿,另外会给教材费和每个季节的服装费,总算让儿子勉强认可了。

瑞惠收拾好凌乱的房间,将带来的饭菜放到冰箱,从钱包里抽出三张一万日元放到桌上,然后穿上鞋子。一谈完就立刻开始敲打电脑的春生,就算母亲站到了玄关门口,也根本不想把视线离开液晶屏幕。

"那,我回去了。"

春生没有回答,连头都没抬。瑞惠转动门把,准备开门。她想起刚才春生说"又不是自己喜欢住在这儿"

朱鹮

之类的抱怨,最后一次试图讨取儿子的欢心,说了下面这番话。

"小春……如果,钱怎么都不够用,你就跟我说。妈妈呀,尽量想办法……想办法挣钱,你现在稍微再忍一忍,再忍几天……"

带着些许对回应的期待,瑞惠默默凝望春生的侧颜,差不多望了五秒钟,然后出了房间。她一边走下公寓的楼梯一边想,一定要去拜拜神。

●

饲养、释放、暗杀,这三个"解决方案",产生于春生式的理论归结。

春生首先是这样认识事实的——"朱鹮显然成为了'人类书写的剧本'的牺牲品。而所谓'人类书写的剧本',简而言之,必然等同于国家的管理本身。因为不管号称'保护'也好,'保存'也好,至今为止实际上都是由于人为错误导致了许多朱鹮死亡……"

日本的朱鹮保护事业,已经被多次指责反应迟钝、方法不完善了,评价也并不好——在查阅新闻报道的过程中,春生这样理解。

其中,被收录在"Mainichi INTERACTIVIE'朱鹮'在线资料馆"中的、题为"Nipponia nippon"的长篇报道(1997年3月23日开始,持续一周,共计6篇,连载于《每日新闻》)很有启发性。作者是当时的佐渡博物馆馆长本间寅雄。这篇报道从头到尾都是悲观主义的笔调,不断质疑人工繁殖计划本身的有效性,并将环境厅推进的、以"全鸟捕获"为首的多个方针视为失败的政策。

(前略)6月与7月,"阿黄"与"阿红"死亡。死亡原因是身体在狭小的饲养笼中撞击受伤,葡萄球菌侵入伤口感染而死。2年后的1983年,"阿白"死亡,这次的原因是输卵管堵塞,也就是卵阻塞。卵阻塞由运动量不足引起,这是在野生情况下极为罕见的意外。人们很晚才发现卵堵塞了输卵管末端。失去的"阿白",被认为是与"阿绿"最合适的雌性个体。取出的卵也未能孵化。在各种技术失误的最后，剩下的只有"阿绿"，以及捕获前右腿关节就有问题的"阿蓝"，还有以前饲养的老龄个体"阿金"，一共3只。这是历史上最少的数量。

人工，还是自然？国内舆论似乎各占一半。1979年，国际鸟盟的S.D.瑞普雷主席给当时的大平正芳首相写信，"要尽早捕获成鸟进行人工繁殖"。环境厅据此称，"（全鸟捕获）也有国际舆论的背景"。

但就结果而言，繁殖事业更有可能加速了朱鹮的灭绝。因为4只珍贵的成鸟在5年内陆续死亡。

作者更做了如下的感叹：

（前略）1967年开始捕获巢中幼鸟。第二年，电台的直升飞机在空中追逐朱鹮群，导致受惊的12只朱鹮放弃黑龙山，群体转移到一山之隔的立间（两津市）。立间是近海地区，老鹰和乌鸦很多，加快了朱鹮灭绝的速度。再后来，1978年的采卵作战，1984年的全鸟捕获，朱鹮的苦难岁月延绵不绝。全鸟捕获到底为了什么？

随后春生在日记中继续记录自己的想法——"'国籍'问题也好，'基因'问题也好，'捕获'问题也好，不管哪个问题，只要牵扯到国家，就没有好结果。对于朱鹮而言，国家管理有百害而无一利；对于中国产的二代朱鹮优优、新新、爱爱等来说，今后有可能向更加恶化的方向发展。和滥捕的时代相比，今天的朱鹮的不幸程度没有太大的差别。

"将自身委托给这样的国家、这样的保护繁殖事业，对朱鹮们而言，只有屈辱。被封闭在稍不小心就会灭绝的小笼子里，不仅作为稀罕玩意儿受人参观，还变成了人工繁殖与克隆技术的实验材料，更成为抚慰日本人的罪恶感、满足他们自尊心的工具。'Nipponia nippon'这个受诅咒的名字，正在将朱鹮拖入泥潭的最深处。

"在这个国家，要在真正的意义上拯救朱鹮，大约只

朱　鹮

能抛弃'Nipponia nippon'的学名,粉碎纯粹属于'人类书写的剧本'的保护繁殖事业,特别是废除'朱鹮保存·再生项目'。除非将它们从拘禁、观赏、实验材料的状态中解放出来,去掉它们身上的光环,否则朱鹮不可能获得拯救。"

既然如此,那么具体说来,自己该做些什么?——春生没有回答这个必然产生的疑问,双手离开了键盘。他虽然隐约看到了答案,但不知为什么,并没有想要当场明确这个问题。春生头脑混乱,无精打采,有种说不出的违和感。那违和感很难用语言表达,让他不得不暂时中断自己的思绪。

春生还没有察觉到自己并不是必须投身于"拯救朱鹮"的事业。或者说,也许他隐约有所感觉,但受到良心的谴责,拒绝承认这一点。在距离结论咫尺之遥的地方,思绪裹足不前,春生便带着这股莫名的思绪,迎来了2001年1月26日。

这一天,春生和往常一样睡到傍晚醒来,在便利店买了便当,吃过之后上网。访问站点之一的"新泻asahi.

com""朱鹮日记"栏目更新了,他阅读了新刊登的。文章报道了优优和美美的生殖羽开始着色的消息,最后又这样写道:

> 因繁殖期开始,自下月一日到繁殖期结束的夏季为止,暂停朱鹮的公开参观。

春生完全没有预料到这个情况。

去年繁殖期也没有接待公开参观。很早以前春生就看到过这条消息,但当时他还处于理解现状的阶段,并没有特别重视,很快就忘记了。而现在情况已经不同了。被现实出其不意地一击,春生不得不思考对策。

春生并没有亲眼见过朱鹮,也没有正式拟订过参观佐渡朱鹮保护中心的计划,充其量只是隐约想到自己迟早会去看看而已。他搜集各种信息,将朱鹮们的境况解释为被强迫过着悲惨生活,为它们的未来担忧,将之写在自己的日记里,试图寻找"拯救"它们的办法。然而这一切终究只是不负责任的思维游戏而已。与日记的宗

朱　鹮

旨相反，春生也有脱离现实的思考。他常常会认真开展和推进无责任的思维游戏，然而只要断了网、关了电脑，问题意识就会逐渐淡薄。尽管热情并不是彻底冷却，但他总是沉溺于空想，缺乏积极性。

因此，如果命运的真实感变弱，而使命感还能保持强度的话，也许春生会在幻想中拯救朱鹮，为自己打破了"人类书写的剧本"而心满意足。这种可能性很高，不过最终并没有演变成这个结果。春生的自负心理渴望切实的效果与更高的成就感，不容许暂时性的自我满足。所以，尽管还没有确定目标的实质，但即使在关上电脑以后，责任与义务的思想还在顽固地纠缠着他。春生的潜意识在静静地等待他真正的意志从幻想领域踏出到现实一侧的时机。

"自下月一日"，意味着如果不能在剩下的五天里前往佐渡岛，就足有半年时间无法实地观察朱鹮。想到这一点，春生心中立刻感到使命感的灼痛。

麻烦之处在于，到底如何解决朱鹮问题，至今尚未确定。如果今后也找不到答案，自己的人生是否将会变得毫无意义？春生心中产生了激烈的不安。一想到在找不到目标的情况下错过时机,不得不在半年乃至更长的时间里缩在公寓房间发闷,春生便难忍呕吐的感觉。本以为自己重新开始关注朱鹮,从此可以堂堂正正地摆脱原地踏步的状态,结果还是未能打破困境。也许这辈子只能这样了。

在这三个月零十天的时间里,自己到底为了什么,像是中邪一样,忘我地埋头研究朱鹮问题啊？现在这个变化说不定会把自己好不容易领悟到的命运推翻掉。必须抓紧时间弄清自己被赋予的任务。春生下定了决心。

仅剩五天的事实,给予了春生自觉,让他停滞的思考再度启动。

在心中哀叹为什么的时候,春生注意到自己发展到此刻的想法中存在一个扭曲的点。前几天思考该做什么的时候,感觉到的那种无法言喻的违和感,正是来源于"为了朱鹮"这个动机。春生终于意识到这一点。本来一切都应该为了自己。一切都是从理解了自我存在

朱　鹮

的意义开始的。但从某个时期开始,他的兴趣固定在朱鹮身上,迷失了思考的原点。

春生如此描述自己此刻的心情——"我并没有那么崇高,而且根本没有余力去为了某种并非自己的东西而献身。我现在是折翅难飞的状态,和朱鹮一样,甚至更糟。如果我什么都不做,就这样缩在家里,人生只会愈发毫无价值,最终步向毁灭。

"那些混蛋之所以把我从家乡赶出来,一定是因为预见到我会变得越来越落魄。一定是的。只要赶走我,就可以将镇上发生的事、将我对她做过的事都归于乌有。我的存在、关于我的记忆,都可以归于虚无。

"也就是说,他们把我看扁了。他们以为,只要把我赶得远远的,让我变成孤家寡人,那么就算我再怎么落魄,他们都可以视而不见了。一群蠢货。不管到什么时候,我都是认真的人。想干什么就能干什么。本木的父母根本不明白这一点,他们以为只要交给警察就行了。太小看我的本事了。他们大概还不知道我有多少次潜进他们家里吧?这种父母,真是在和平年代里活傻了,天真过头！只要想干，我什么都干得出来。以为那样就能保护自己的掌上明珠？太愚蠢了！所以我说过多少回，不能交给你们！

"不过算了，不去想本木樱了，不然又会陷入同样的循环里。该斩断对她的执着了。很难忘记她，实际上到现在对她的思念也毫无变化，不过还是要克制。现在应该能做到了。因为我很明白，自己肩负着重大的使命。这一次我真的找到了自身的目标，应该踏踏实实完成它。这一点我很清楚。

"我现在真正重要的事情就是摧毁'人类书写的剧本'，要尽力完成这件事。拯救朱鹮只是个名目。可以断言，我是为了自己去做的。为了做这件事，我首先要成为一个人。命运让我成为一个人。

"被迫离开学校、被赶出家乡、被封闭在这个狭小苦闷的房间，这些都是我在策划摧毁'人类书写的剧本'之时必须经受的苦难。这一系列经历都是为了让我的人生走上轨道而预先设定好的。从一开始就决定的命运。

"这件事绝不是为了朱鹮。朱鹮就像是我的分身，同

朱　鹮

时也是让我的人生发生重大转折的强效炸弹。当然,我并不轻视高傲伟大的朱鹮,也不打算粗暴对待它。我和国家的官员、学者不同。可以说,朱鹮正是通过我的手,才有可能对这个国家复仇。借助我的力量,可以从根本上动摇日本这一国家的认知。

"无论如何,崇高的珍稀动物朱鹮太过柔弱,连抵抗的力量都被剥夺,甚至正在被改造为玩偶一样的东西。它们非常需要我的援助。同时,我也是为了让自身继续存在于这个世界,不得不利用朱鹮的境遇,展开独立的行动。正因为如此,命运才将我和朱鹮紧紧联结在一起。也许,作为帮助复仇的代价,朱鹮给我的人生附加了莫大的意义,将之引导向有意义的变革吧。一定是的。

"我要让这个国家的所有使我孤独的人后悔……"

显然,驱动春生的与其说是朱鹮的复仇心,不如说是他自己的复仇心。被迫离开本木樱的怨恨,径直投向整个世界,形成了摧毁"人类书写的剧本"的动机。这种情绪基本上等同于迁怒。在心中扩散的怨恨,成为强大而冲动的活力。

经过这样的思想变化，春生想出了饲养、释放、暗杀这三个选项。重要的是让国家的管理失效，所以这三项都是可选的。不管选择哪个，只要能让佐渡朱鹮保护中心的饲养笼空空如也，"人类书写的剧本"自然就会瓦解，民众也会十分沮丧吧。也许自然繁殖论的支持者们会拍手称快。春生就像这样尽情遐想，勾画令自己满意的蓝图。

他一开始想到的是释放。优优、新新、爱爱，自从出生以来就从没有在蓝天中尽情展开过翅膀，把它们释放到外面，是极其单纯的美丽善举，对社会的冲击也会很大。

下一个浮现的方案是饲养。把朱鹮们从佐渡带出来，由自己来喂养。虽然知道这是愚蠢的行为，但在很早以前就被放弃的乌托邦景象重新复活，让春生梦想能与朱鹮共同生活。正因为实现起来十分困难，所以真能实现的话，就会带来莫大的幸福感吧。

春生最后想到的是暗杀。这对摧毁"人类书写的剧

朱　鹮

本"具有最大的效果，而且也许是最具现实性的解决手段，春生想。就算朱鹮们离开了保护中心，但只要还活着，必然会一直遭受国家的追捕。要是被再度抓住，状况又会回到最初。所以杀死是最完美的方案——春生这样想。他还想到，如果朱鹮们被迫接受永久的狱中生活，说不定它们自己也会选择高洁的死亡吧。

春生觉得，每个选项都有其价值，每个选项都有吸引力。

于是三种幻想定居在春生的头脑中。其中一个不久就被抛弃，剩下的两个却随着时间变得愈发翔实，内容愈发具体，图像也愈见鲜明。基于这些幻想，春生制作了名为"企划书"的文本文件。在这份文件的第一行，他写下标题："Nipponia nippon问题的最终解决"。

●

春生放弃了在公共参观暂停的二月一日之前赶去佐渡的打算。因为短短五天的时间，根本不可能把行动之前的一切准备都做好。不过他并不焦急。因为他明确认识到了自己的使命,围绕使命展开的思考是个极其愉快的过程。制订"Nipponia nippon问题的最终解决"计划,甚至让他在其中感到最大的生存意义。放走还是杀死,二者选一的抉择虽然始终让他烦恼,不过这一点本身也被春生视为愉快的一部分。他就这样度过每一天。

春生决定在公共参观重新开放的夏季之后实行"最终解决",当前自然就是酝酿计划、仔细进行潜入佐渡的准备工作。时间绰绰有余,所以春生列举出所能想到的必须事项,仔仔细细一条一条加以准备。

就在这一过程中,春生决定武装自己,购买了防身用品。

确认国家制定的惩罚规则也是必须事项中的一条。虽然一点也不想被警察抓住,不过根据预先计划好最坏的事态再采取行动的原则,了解后果也很重要,春生想。

放走或者杀死佐渡朱鹮保护中心饲养管理的朱鹮,

朱　鹮

会与国家法律抵触吗？假设遭到起诉，自己算是违反了什么法令呢？春生和平时一样，利用互联网调查这个问题。

根据环境厅在1998年6月12日发表的鸟类"红皮书"（日本国内濒危野生动植物物种一览表）的分类，朱鹮属于"野生灭绝（EW）"。所谓"野生灭绝"，被定义为"过去曾确认在我国生存，目前在人工饲养/栽培下存续，但国内野生种被视为已灭绝"。

以日本为栖息地的动植物之中，被认定为"野生灭绝"的朱鹮，在法律上受到1993年4月1日施行的《濒危野生动植物物种保存法》、简称《物种保存法》）的保护。

第一章　总则

第一条　（目的）

鉴于野生动植物不仅是生态系统的重要构成要素，也是人类的丰富生活中不可欠缺的自然环境之重要部分，因此制定本法，旨在保存濒危野生动植物物种，保护良好的自然环境，为现在及将来的国民健康与文化生活做出贡献。

也就是说，这份法律本身正是"人类书写的剧本"。之所以讴歌"人类的丰富生活中不可欠缺的""为现在及将来的国民健康与文化生活做出贡献"，全都出于人类中心主义，都是与"人类书写的剧本"相应的记载，春生想。

春生读了"第二章　关于处理个体的规定（平成六年52号法令·改称）"中的"第二节　禁止捕捉及转让个体（平成六年52号法令·改称）"的"第九条（禁止捕捉）"，又读了"第四章　保护繁殖事业"与"第六章　处罚条例"的全文。他从中弄明白的是，不管放走朱鹮还是杀死朱鹮，都会受到惩罚。"人类书写的剧本"对此做出如下规定：

第九条　（禁止捕捉）

对于国内珍稀野生动植物物种及紧急指定物

种(本节及第五十四条第二项称为"国内珍稀野生动植物物种")的生存个体,不得加以捕捉、采摘、杀伤或损伤(以下称为"捕捉等行为")。但下述情况不受此限:

一　下条第一项或第二项允许的捕捉。

二　为维持生计所必需的,且经首相认定对于物种保存不构成障碍的情况。

三　为保护人的生命或身体,及其他无法经由首相认定的事项发生的情况。

第六章　处罚条例

第五十八条

违反下述各项者,处以一年以下有期徒刑或一百万元以下罚金。

一　违反第九条,第十二条第一项,第十五条第一项,或第三十七条第四项规定者。

二　违反第十一条第一项(包括适用同条第三

项的情况),第十四条,第十六条第一项、第二项,或第四十条第二项规定者。

如果春生实行自己的计划,就会被"处以一年以下有期徒刑或一百万元以下罚金"。与罪行相比,这一刑罚是轻是重,春生没有法律知识,难以做出判断。不过他很清楚,不管是"一年以下有期徒刑"还是"一百万元以下罚金",对他都不是什么大事。有期徒刑暂且不论,如果是罚款,他很乐观地认为甚至都不需要自己出钱。在没调查的时候,他曾经以为如果被捕、提起诉讼,会遭遇三年以上有期徒刑,因而心中委实不安,现在的调查结果给了他足够的勇气。

在推敲计划、推进准备工作之中,佐渡岛上的交通成为一个重要的课题。

春生认为在佐渡至少需要滞留两天。第一天的全天和第二天的白天用来调查警备体制和周边情况,最后一夜潜入佐渡朱鹮保护中心。

不管是释放朱鹮还是杀死朱鹮,只能在深夜的时间

朱鹮

带采取行动,所以无法乘坐公交,而坐出租车也会引起司机的怀疑,被刨根问底或者预先通报警察都有可能,必须避免。保护中心附近没有住宿和商业设施,所以,未成年的游客在夜里一个人游荡,必定会引起怀疑。

一般游客要想观察朱鹮,首先必须去新穗村朱鹮之森公园参观朱鹮资料展示馆。朱鹮资料展示馆与保护中心相邻,整个森林公园则包围着这些建筑。资料展示馆的开馆时间是从早上8点半到下午5点,入馆时间则是到4点半为止。馆休日是每周的星期一(星期一如果是法定假日则顺延到第二天星期二)。上年年末的12月29日到新年的1月3日也闭馆休息。入馆时以"环境保护协助费"的名义,收取中小学生一百元、高中生以上两百元的费用。能在保护中心的网站上查到的情况就是这些。

查看地图,保护中心设在新穗村人烟稀少的地区,完全找不到能够有效打发时间的地方。根据"新穗村网站"的介绍,从两津港乘坐新潟交通佐渡路线大巴(南线),抵达最近的行谷车站大约二十分钟,再从这里步行去保护中心大约需要三十分钟。因此,从两津城区徒步走过去需要相当长的时间,走到的时候肯定也已经精疲力尽了。半路上被人看到也是问题,而且春生也没有信心走那么远的路。

进入饲养笼前必须保存体力,春生想。说不定自己不得不与值夜班人员和警备人员战斗,而且就算是在笼子里,朱鹮也不大可能老老实实地让自己抓。如果在计划的最终阶段到来之前就耗尽体力,那么辛苦的努力很可能就会化为泡影。而且,现在计划的大部分还没有超出假想的范畴,自己尚不清楚佐渡的实际状况。就算是为了进行实地勘察,当然也是希望交通越方便自由越好。低调、轻松、身体负担小的移动,可以说是交通手段的理想条件。这些要求必然引出自驾车的结论,但春生并没有驾驶证。虽然再有一个月就是十八岁的生日,但要为此每天专程去驾校,让春生犹豫不决。

作为替代方案,春生想到了乘坐大巴的末班车去朱鹮之森公园,在森林中一直潜伏到深夜。

新潟交通佐渡路线大巴的时刻表也能在网上查

朱　鹮

到。末班车于20点47分从两津港发车,这样的话,21点07分左右可以抵达行谷车站吧。然后再花三十分钟步行前往朱鹮之森公园,等到深夜。这意味着至少要在公园里躲两个小时以上。

虽说是两个小时以上,不过只要有容身的地方和打发时间的东西,似乎也不会很辛苦。森林公园里应该有很多容身的地方,而只要带着笔记本和手机,就可以用手机,玩电脑。只要两个机器有电就不会无聊,而且正好也能对计划做最终的调整。

春生认为这是出乎意料的妙计,可是过了几天,他发现有个关键之处没有注意,不得不放弃这个方案。这种办法缺乏逃离的手段,搞不好就算达成了目的也会被捕。在公园里潜伏到天亮恐怕有危险,而且对当地道路不熟,行动范围受到限制,警方出动的时候会被断掉退路。

于是又一次回到了出发点。

百般烦恼之下,春生想到将折叠自行车带上岛的方案。

骑车很难摆脱汽车追赶,而且长距离骑车也会极度消耗体力,因而很难说是最好的方案。但春生意识到自己在这个问题上卡得太久,翻来覆去也想不到可行的办法,已经有些灰心了。如果在这里停滞不前,整个计划的进展也会有危险,所以适当的妥协也是明智的。骑车的好处也有不少,而且如果从现在开始通过跑步等方法每天锻炼身体,到夏天应该可以锻炼出足够的耐力吧——总之要乐观向上,他只有如此下定决心。

·

释放,还是暗杀?应该选哪条路?在犹豫不决中,过去了近两个月的时间。

释放的想法来自于对朱鹮的深切共鸣,但制订计划的合理性要求则催生出暗杀的想法。

只要情感共鸣与合理主义的对立持续下去,"Nipponia nippon问题的最终解决"就无法付诸行动。两者的拮抗,是春生最大的桎梏,也是他最后的安全阀。

朱　鹮

　　这两个月的时间,情感共鸣与合理主义之所以能够保持均衡,并不是出于春生自以为的人格分裂。即使他受到焦躁的使命感驱使,试图避免陷入原地踏步的状态,他的内心其实也在恐惧计划成功实施之后的结果。停手吧,别再搞这种愚蠢的模仿游戏了,这种事情不可能成功的。春生不止一次听到过这类敦促他自重的声音。真的准备好进一步深入到无法后退的领域了吗?他对自己提出的这个问题,一直没有得到回答。之所以是"进一步深入",是因为对春生而言,被家乡驱逐的事实本来就明确意味着他的失败。而这种失败彻底粉碎了春生的人生设计。当然,虽说是人生设计,其实也并没有对将来有什么特别的梦想。他只知道沿袭"社会一般"的惯例而已。也就是说,考取一流大学,在东京证券A股上市的企业就职,然后与本木樱组成幸福的家庭。这就是春生的全部人生设计。然而意图和期待全部落空的现实令春生困惑。虽说这完全是他自己招来的挫折,但混乱到最后,他也只得放弃,接受无法恢复原状的现实。正因为如此,他才认真地思考令自己"人生发生巨大逆转"的可能性。春生认为,能让他的"人生出现巨大逆转"的机会,恐怕不会再有第二次了。如果错过这个机会,恐怕踏破铁鞋也只能接受无法东山再起的现实。反过来说,就算失败也不过落得同样的下场。所以,春生一直将情感共鸣与合理主义放在天平上称量。面对朱鹮这唯一一个目标,他必须慎之又慎。

但是,均衡迟早都要打破。

2001年3月27日早上,春生读到的下述文章(《Yomiuri On-Line》社会栏目)让他的想法产生了变化。

朱鹮"优优"的配偶"美美"产卵

　　佐渡朱鹮保护中心(新泻县新穗村)饲养的雄性朱鹮优优与进入繁殖期的雌鸟美美,于26日产卵。

　　中心员工通过监控画面确认巢中有一枚卵。美美与优优交替在巢中孵卵。如果是受精卵,有望下月诞生雏鸟。

朱 鹮

优优于1999年诞生,是国内首次人工孵化诞生的中国产朱鹮二代。美美作为"优优"的"配偶",去年十月由中国赠送。

这是两只鸟首次迎来繁殖期。自本月20日起,保护中心观察到类似交尾的行为。

(3月26日20:07)

春生看到这份报道的时候,第一感觉是愤慨。

1月26日的时候,他已经看到报道说繁殖期开始,所以本应该预料到这样的事态。但真正发生的时候,春生还是愤怒得不能自已,脑海中浮现出无数难以释怀的画面。春生气愤的是,优优和美美过得太松懈悠闲,太顺从人类的意志了。他第一次对朱鹮产生了强烈的愤怒。

尤其不能容忍的是,在(春生所认为的)如此迫切的情况下,优优和美美还在尽情交尾。事实上,后来他看到"读卖新闻 新潟支局网站"的3月27日报道中还写着:"优优与美美这一对,20号曾有类似交尾的行为,而自24日起,每日都能观察到交尾行为。"

也就是说,自己正埋头推敲计划、为没有合适的交通手段焦头烂额的时候,优优和美美这一对鸟竟然在胡天胡地。就算是繁殖期,这也是太淫荡了!如此放荡的畜生!而我明明还是个未经人事的处男!——这是春生愤慨的概要。

本计划的推进,不是什么为了拯救朱鹮之类的利他行动,终究只是以追求自身利益为目标的使命而已——尽管春生这样告诉自己,但他还是在心里反复怒吼要求回报的话语,同时也不停往日记里写——"我怜悯朱鹮的遭遇,甚至和它们产生了纽带感,连续好几个月抑制自己的欲望,探索解救它们的办法,可是优优和美美却毫不顾忌地沉湎在交尾之中。

"我有种遭到背叛的感觉。坦白地讲,我很失望。优优刚刚出生才两年,可是轻而易举就得到了对象美美,尽情享受性爱生活。这算什么意思?!看它们那副淫荡的模样,还被《每日新闻》的人发现,还得到'确认',真是暴露狂。

朱鹮

"这就是说,朱鹮已经彻底丧失了骨气。真的。这次的事情,完全可以'确认'这一点。我之前对此没有充分理解。我对它们怀有同胞的情感,而且多少也带着一些期待,以为它们就算被改造成玩偶,至少还能残留一丝反抗之心。可是我错了。那些鸟已经堕落得不值得拯救了。不是说'野生灭绝'了吗?!崇高的朱鹮很早以前就死绝了,早已不存于世了。在佐渡过着悠闲日子的只不过是一群该死的枯骨家禽而已……"

虽然这个批判完全弄错了方向,但春生既没有时间、也没有见识注意到这一点。愤怒犹如决堤般喷涌,甚至对理性区域都施加了深深的影响。春生从去年十月一直忍耐到今天,做出了极大的牺牲,竭尽全力准备佐渡之行。对他来说,朱鹮绝不能享乐。它们必须时时刻刻身处在痛苦中,是需要他怜悯的对象。"崇高的存在"应当始终呈现出孱弱可怜的形象。这些偏见在不知不觉中深入他的大脑,排斥了其他的想法。对朱鹮的移情越强,他就越偏狭,逐渐陷入夸大的妄想。

总之,优优的行径深深伤害了春生的自尊心。

如果是洋洋和友友也就罢了。它们毕竟是优优、新新、爱爱的父母,大家都知道它们有丰富的交尾经验。可是,春生可以说是看着优优长大的,在他的印象中,它们还是幼鸟,也是他自我投影的最大对象。所以这一事态的意义完全不同。

其实这半年间春生也并没有努力禁欲。上网除了查找有关朱鹮的信息,其他时候基本上都在浏览成人网站,自慰更是每天的功课,甚至是一天最重要的事情。不过遗憾的是,他并没有床伴。强烈的性欲只能自行处理。

也就是说,情况是这样的:为什么比自己出生晚得多,却早早破除了童贞?为什么它轻而易举就获得了性生活的机会,而自己连希望的征兆都看不到?为什么优优和美美可以幸福地生活在一起,而我和本木樱却要被割裂……

春生隐隐嫉妒优优。他清楚地体会到,自己和优优的关系绝不是对等的。可怜的优优和同样可怜的我本应该用符号连接的关系。然而这份关系彻底破灭,只剩

朱 鹮

下可怜的春生一个人。

于是他的怨恨再也无法抑制。正因为这是幼稚的嫉妒,所以怨恨更是深不见底。难以斩断的意志深深扎根在心里。人和鸟同样可恨。春生开始在心中培育杀意。

"既然如此,那就杀了它们吧。到底还是杀了好。拿求生刀狠狠捅优优几刀,让它的白羽毛上沾满鲜血。用我的手结束一切吧。"春生用罗马拼音把这些字敲进电脑,正要按下回车键确定的时候,手机铃声响了。

拿起手机,把听筒贴在耳朵上。听筒里传来本木樱的声音。

已经不是第一次了,经常遇到这种事,所以春生毫不惊讶。他断定这不是本木樱自己打来的,而是不知道什么人的恶作剧。从来到东京大约半个月的时候开始,这种电话大概每隔两三周就会打来一次,最近更是增加到差不多一周一次。

本木樱的声音大概是录音的。因为听到的总是同样的话。她常常先说"请停手",然后说"请到此为止"。

对于春生来说,这些话他当面也被说过许多次,已经非常熟悉这种模式了。

如果只有本木樱的声音,那倒是毫无问题。但恶作剧电话却不仅如此,更是常常沉默无语。最近这段时间,似乎恶作剧电话的主人开始喜欢胡说八道了。

胡说八道的是身份不明的男人。他自己没有报过名字,也看不到他的长相,所以春生找不出是谁。他想过会不会是本木樱的父亲,不过那声音倒是和他自己的父亲很像。

胡说八道的内容主要是本木樱的近况。如果只是单纯地报告近况,那倒是春生求之不得的内容。但恶作剧电话在报告中充满了恶意。

本木樱新交了男朋友,被强奸了,和好几个男人做过了。她本来就喜欢同时和好几个人搞,怀孕了,怀孕了也不收敛。她决定和高中的老师结婚,结婚后还不断偷情出轨。恶作剧电话里说的全都是这样荒唐的内容。

虽然很讨厌,但春生并未把号码拉进黑名单。除了家人和这种恶作剧电话,再没人给他打电话,所以他就

朱 鹮

这么放着了。虚假信息一开始确实让他相当愤怒,不过断定那是恶作剧之后,慢慢也就不再介意了。现在甚至带着愉快的心情等待每周一次的电话。和以前总被说是急性子的时候相比,现在真是宽容多了,春生如此评价自己。

这回的电话内容也是号称本木樱近况的虚假信息。

电话里说,本木樱这几天被人跟踪骚扰,相当苦恼,然后又是一成不变的和男人们搞来搞去。

尽管知道是假消息,但听说本木樱被人跟踪骚扰,春生还是觉得一阵悸动。因为他还在家乡的时候就意识到发生这种事态的可能性,于是向本木樱的父母倾诉了自己的担心,结果被赶出了家乡。因此他无法继续守护本木樱了。而这是他来到东京后唯一的遗憾。既是唯一的遗憾,也是让他的思考陷入死循环的最大原因。

要不要回去确认实情,春生犹豫不决。

2001年4月5日,鸻谷春生十八岁了。

在这个生日,春生做出了两个重要的决定。

第一,他决定去考汽车驾照。重新审视计划内容之后,还是无法打消携带折叠自行车方案的不安,不得不认为这并不符合考虑最坏事态下行动的原则。怀揣担忧就付诸行动非常危险,应该尽可能考虑实现目标的最佳策略。他的年纪也刚好十八岁了,行动时间也要推迟到下一次繁殖开始时期。综合考虑下来,考驾照就成为必然的选择。春生将之定为自己的义务。

问题在于必须去驾校学习。不过选择合宿制应该可以避免大部分麻烦。选择合宿制就不会因为嫌去驾校麻烦而中途放弃,也不需要花时间预先制订学习计

朱　鹮

划、预约技能教练,只要专心学习就行了。

选择驾校并不困难。春生不想选东京的驾校,他要选家乡的驾校。

输入"驾校　合宿　山形"这几个关键字检索,第一条显示的是"合宿驾校预约中心"的网站。春生从这个网站的介绍中选出了"村山汽车学校"。"村山汽车学校"和他当年上学的高中很近,他很熟悉周边的道路情况。选择这里,应该比东京的驾校学习起来舒服得多,搞砸的可能性肯定也会小得多。至于考出驾照的最短时间,据说自动挡汽车14天,手动挡汽车16天。即使加上驾考中心的正式考试,只要不犯错,大概20天就能拿到驾照了。

虽说是合宿制,其实也可以选择单人间。所以除了上课的时间,其他时候应该可以继续和平时一样生活。还可以白天学汽车驾驶,晚上锻炼身体,将整个合宿期间都用作计划演习。只要不回家,大概就不会被啰唆的家伙烦,而且乔装改扮之后不管走到哪儿应该都不会引人注意。这样的话,肯定也可以远远看一眼本木樱的身影。不要说看一眼,就算继续守护她,直到自己放心,也不是不可能的吧——就像从前一直在一起的时候那样。一边学习汽车驾驶,一边确认本木樱是不是真的被人跟踪骚扰,合宿学习可谓一举两得。

春生迅速联系了自家,让母亲把全部费用23万元打过来,申请过了五月的连休之后入学。他起初是想趁着连休中入学,不过又想到本木樱一家会出去旅行,时间上会错开。尽管决心切断对本木樱的执着,但她是能完全忘记的吗?此时此刻,正是自己必须守护她的时候。春生意气风发。他期待的是,也许思考的死循环还能因此有个结果。

第二,春生确定了计划的执行日期。"Nipponia nippon问题的最终解决"的执行时间,定为2001年10月14日星期天的深夜。也就是春生计划在自己生日的整整半年之后完成这个作业。

当然,春生并没有信心保证自己在这半年的时间里继续保持和现在同等的热情。即使他会随时提醒自己不要丧失积极性,但他心里也很清楚,精神上的不安定并不是那么容易处理的。即便如此,春生还是在心里暗暗发誓,半年之后,一定要执行。

这时候的春生只是在相信自己的命运。如果半年前他的直觉感受到的命运没有弄错,而是的的确确通向真理的话,那么不管接下来发生什么,自己都一定会去佐渡的。他对此深信不疑。

10月13日星期六早上,春生走出房间,去往佐渡,计划第二天半夜潜入朱鹮栖息的笼子。在中国赠送的美美抵达佐渡朱鹮保护中心、自己第一次体会到自身命运的一周年纪念日,春生决心杀死优优。

上越新干线Max朝日313号,按照时刻表上的时间,于10点12分自东京站21号线站台发车。

春生坐在9号车2层的29号A座。9号车2层是一等座,29号A座是车厢最后方靠窗的座位。27、28、29这三排都是在左右两侧各设一个座位,通道一侧没有座位,所以旁边没有别的乘客。春生放心地认为,在开往新潟站的2小时5分的行驶过程中,除了列车员之外没有人会来搭话。他打算用这段时间来睡觉。

从昨天傍晚开始,春生就没合过眼。不是因为紧张和兴奋而睡不着,而是为了避免错过列车而故意没睡。虽然有点担心不识好歹的旅行者打扰自己的睡眠,导致自己发起怒来拔刀伤人,不过看来没有这个危险。

朱 鹮

春生如今依然过着夜猫子的生活,也没有停止搜集互联网上的信息。如果要说有什么地方和半年前不同,那就是他增加了出门的时间,体格稍微壮实了一点。春生在按照他自己制定的目标努力锻炼身体。决定计划执行日期的第二天,他就从散步开始,逐步展开真正的锻炼。八月下旬以后,他差不多每天都会去外面跑步,基本上是在晚上8到9点间出门,在杳无人影的晚间道路上一个人跑步,一直到12点半左右才回去。这是他每天的功课。虽然夏天持续酷暑,但他忍耐下来了。不过他并不是只在镇上跑,路线也不固定。另外,晚上锻炼的时候,春生经常会带着电击枪,虽然也不是每次都带。

随着去佐渡的出发日越来越近,春生想要检验电击枪的威力。如果一次都没用过,说不定买的是个残次品都不知道,等需要用的时候用不了,那就惨了。不过,即便知道电击不会致死,春生也实在不想亲身尝试。而且,真正要用的时候要求动作迅速,所以对它的用法必须非常熟悉。也正因为这个原因,春生想找几个实验品来实验电击枪的威力。

第一个实验品是地道里的流浪汉,第二个是公园里的流浪汉,第三个是路上遇到的流浪汉。三个人足够确定电击枪的威力了,但春生并没有就此满足。在反复使用电击枪的时候,他逐渐喜欢上了拦路电击的强盗角色。突如其来的痛苦让他感觉很有趣。停手不干太可惜了,春生想。那既是入侵佐渡朱鹮保护中心的实践演习,也是能够缓解压力的消遣活动。

从第四个人开始,实验对象变成了喝醉酒的学生与上班族。春生埋伏在车站附近,寻找在娱乐区喝得烂醉的人,尾随跟踪。因为电击枪内部的增压电路会逐渐耗损,所以春生并不是每次都放电袭击,有时候也会直接殴打。棍式电击枪用来殴打的效果也很不错。用尽全力敲下去,连骨头都能敲碎。实验品遭遇殴打时的反应也带给他更大的快感。

春生从来不在住处附近干这些事,他总是乘电车到好几站之外的地方,而且也从不会在同一个地点重复两次。两次袭击之间会隔开一定的时间。由于这些警戒措施,他从没有遇上警察,不过有时候也不容易找到下

朱鹮

手的对象,甚至还会遭到反击。不过所有这些都有助于他积累实战经验,对计划的调整也有好处。

九月过半,事态开始恶化。实验品的数量上升到八个人,引起了广泛的注意,电视的时事新闻栏目也开始报道,春生不得不放弃寻找第九个人的念头。

时事新闻上说,根据受害者的描述,罪犯似乎是十几二十岁的男性,中等个头,中等体型。但袭击现场的分布范围太广,有时候也有不同地区差不多同时发生袭击的情况,犯罪手法也很相似,所以不能否定多人犯罪的可能。另一个新闻栏目展示了一张图,标出了至今为止所有袭击行为的发生地和发生日期。让春生感到奇怪的是,图上列了十三起袭击。大概是把以前发生的类似事件混进来了,或者有人趁机模仿吧,他想。

幸运的是,没有第三者目击的信息。这大概是因为破案率逐年下降,还有不少重大案件悬而未决,警方人手不够的缘故吧,春生认为。不过尽管基本可以断定自己不会被抓,但他悬着的心也放不下来。警方也许会从防身用品的销售商那里找到蛛丝马迹,而且自己也有好几次和受害人对视的情况。另外,无聊的模仿行为导致案件规模扩大,引起了不必要的注意。

如果因为这个缘故被捕,去佐渡的计划当然就会化为泡影。想到这里,春生不禁十分抑郁,后悔自己干了多此一举的蠢事。他也怀疑自己内心深处是不是盼望计划告吹,所以故意这么干的。承认自己的软弱让他很生气,急忙沉溺在幻想中,努力消除自己的消极情绪。可是连续好几天都无法让心情平静,晚上的锻炼也不得不暂时中断。

不过,春生的运气很好。新闻报道的五天后,模仿的罪犯被逮捕了。警方抓到的是个独自居住在东京某间公寓里的十九岁复读学生。那个学生并不是偷看到春生的行为而加以模仿,而是纯粹的巧合和不走运,犯罪时间刚好与春生重合了。对春生来说,幸运的是,社会上大部分人都认为那个学生就是导致所有十三起袭击的罪犯。

那个学生说是复读,其实并没有就读大学预备班之类。公寓的房东在接受电视台采访的时候说,那个学生

朱鹮

白天完全不出门,就是社会上所说的御宅族。房东还说,住在邻镇的母亲好像每天都会过来照顾他,但房间里整天怒吼声不绝,甚至有邻居因此投诉过。没有朋友来拜访,偶尔碰到也一句话不说,房间里乱得一塌糊涂,臭不可闻。虽然采访画面上房东的脸部打了马赛克,声音也做了处理,但那语气态度就好像"早知道会发生这种事"。

尽管知道辍学学生的境况和自己有些相似,但春生并没有产生共鸣。他反而变得乐观起来,充满自信,嘲笑说废物就是废物。同样的情况,结果却截然不同,他感觉这仿佛正是命运给出的明确证据。对春生而言,这一事件的前因后果恰好成为确定他的幸运和使命的补充材料。

一名罪犯落网,电击枪袭击事件也消失了,于是事件的话题逐渐沉寂,媒体也很快不再提及。但警方说不定还在继续搜查,为防万一,春生将锻炼的时间从晚上改到了早上。

春生同时还彻底改变了自己的外貌。头发理成寸头，眉毛整细，还带着时尚杂志去原宿买了一套当今流行的时髦装扮。这并不是他开始关心起流行文化，而是为了扰乱警方调查，是重新回到计划的独有的仪式。带着改头换面般的感受，春生恢复了自信和坚强，就这样迎来了10月13日。

不管是搭乘上越新干线，还是乘坐二层车厢，抑或是坐在一等座位上，这都是春生第一次的经历。不过，他对此并没有任何感慨。往返车票与一等座加价共计27520日元，这也是父母的钱，是贵是便宜都没感觉。选择新干线，是因为它比高速大巴或者租车都到得早，不会太累。从佐渡岛回来是乘坐10月15日10点10分新泻站发车的朝日310号，预计12点20分抵达东京站。

将椅子背调到倾斜，眺望了半晌窗外的景色之后，春生喝光了橙汁，然后用窗帘遮住窗户，把头上戴的卷边帽边缘拉到鼻子挡住光，闭上眼睛。

箱子没有放在行李架上，而是摆在他的脚边。这是为了防止睡觉的时候被偷。箱子里不仅有旅行用品，也塞满了精密机器和武器,必须加以十二万分的小心。

箱子里只放了计划必需的东西。笔记本电脑、手机、电击枪、催泪喷雾器、两副手铐、求生刀、两副超薄橡胶手套、运动毛巾、管子钳和螺丝刀等工具、手电筒、开锁工具、本子和笔、旧运动鞋、滑雪帽、连体工作服。其他必需用品打算在当地购买。

如果饲养笼的门上有锁,开锁工具就必不可少。两年前,春生邮购了这套工具和使用手册,也有实际使用的经验,用它开锁不成问题。要打开国内最普及的圆筒形弹子锁或者盘簧锁,沉住气仔细去弄,最短10分钟就能打开。而且,出发前几天,他也用自己房间的锁做过练习。如果饲养笼上装的不是通常的圆筒锁,或者因为某种原因无法打开的时候,也可以用管子钳或者螺丝刀强行撬开。

为了不留下指纹,一系列工作都会戴上橡胶手套操作。脚印怎么都无法避免,所以他买了双旧运动鞋,还在旧衣店买了滑雪帽和连体工作服。因为考虑到要能融入夜色,所以选的都是藏青色。如果溅到了血,那也可以趁夜去港口，把这一身衣服扔到海里去。

春生准备了15万日元的旅费。新干线的往返费用、新泻港与两津港的往返船票、一个晚上的住宿和两天租车的费用，合计大约6万5千到6万6千日元。剩下的8万多日元，就算去掉吃饭和当地购物的费用，大概至少还能剩下6万日元左右。

春生想，如果达到了目的，那就回到东京，把剩下的钱一次性花掉，庆祝自己的成功。不过他并没有想到什么合适的用途。既没有想吃的，也没有想去旅行的地方，更没有想买的东西。这只让他意识到自己对这些娱乐的欲望十分淡薄。

春生也曾想过，这半年以来，是不是因为自己倾心于"Nipponia nippon问题的最终解决"，以至于变成了一个非常乏味的人？不过他知道自己并没有完全变成无欲无求的人。身为十七八岁的年轻人，性欲作为不变的欲望，牢牢扎根在春生的心里。不过，对于还是处男、也从未涉足过风俗店的春生而言，6万日元能过上什么性生活，最多只能做些抽象的想象。成人影片也好、成人

朱　鹮

图片也好,说到底,只是与他的现实没有直接联系的图像而已。而且要和素不相识的对象发生金钱基础上的肉体关系,也让春生十分犹豫。在这一点上,他是个纯情少年,具有专一的性格。

假如6万日元能让他与本木樱再度相会,这才是他最为梦寐以求的。但不管多少钱,那都是空中楼阁。无论春生今后做出多少善行、经历多少苦难、成长为多么令人尊敬的人,想要与本木樱再会都是不可能的。不管如何努力,故人都不会死而复生。再怎么简单的交谈都无从实现。

●

平时这个时间是春生上床的时间,本应该可以很快睡着。但他闭上眼睛等了半晌,睡意也迟迟不来。尽管本来就知道坐姿很难入睡,但没想到一等座也不起作用。春生很烦躁,这让他更难入睡。

想到列车员还没来查车票,春生干脆放弃了入睡的努力,摘下了帽子。他看了看周围,只见离开上野站的时候还是空的29号D座上,坐着一个十几岁的小个子少女,正在静静地眺望窗外的风景。春生学着那少女打开窗帘向窗外望去。他决定就这样子直到睡意来袭。

过了大宫站的时候,列车员来了。春生从钱包里取出车票和一等座票,又往旁边看了一眼,发现少女和列车员有些小争执。好像少女并不知道二层是一等座,坐到这儿了。她一直在说自己买了车票,听列车员说要坐在这里必须补足差价,露出茫然若失的表情。最后,少女终于理解了情况,脸颊微红,起身去了二等座车厢。她右手伸在脑后,像是很不好意思,随身行李只有肩膀上斜挂的橙色背包。

结果春生直到新潟站也没睡着。旅行的兴奋,以及将于明天执行计划的紧张,抑制了他的睡意。

出了车站,时间刚好是12点20分。春生不仅没有睡成,而且从昨天晚上到现在都没有吃过东西。但是因为预定的高速喷射水翼船是13点出发,他也没时间慢悠悠吃饭。春生去佐渡汽船渡口拦了一辆出租车,用了差

朱　鹮

不多7分钟,车费1090日元。

13点出发的喷射水翼船"日皇号",预定于14点整抵达两津港。春生觉得到了佐渡再吃东西也不迟,所以只在店里买了一瓶500毫升塑料瓶装的运动饮料。坐新干线的时候就口渴得要死,也许光是喝水,饿过劲儿了,一点食欲都没有。

办完了乘船手续,在佐渡汽船旅客登记本上写了假的住址、姓名、年龄等信息,春生走进等候室。等候室里的蓝色椅子大部分都是空的,里面坐的看起来差不多都是当地人。春生面朝里面,把行李放到NHK节目专用电视桌正对面的座位下面。显示出发信息的电子广告牌上,13点出发的"日皇号"还显示着"有空位"。看来现在这个时期,就算是周末,去佐渡岛的游客也不多,春生想。

电视桌右侧有个黑色质地的雕刻柱,上面涂满了红色花纹。它吸引了春生的目光。雕刻柱的解说牌上写着它是1981年7月赠送的"夸夸嘉夸印第安族'海雕与虎鲸'图腾柱",作为"万代岛渡口竣工纪念"。赠送者是

"波音公司",制作者是"托尼·亨特"①。解说牌下半部分解释了"虎鲸"和"海雕"中蕴含的意味("虎鲸"是"伟大的力量和幸运","海雕"是"坚强与友谊"),然而在乘船的等候室里放个图腾柱,有种放错地方的感觉。

回过头,一张从后方拍摄两只朱鹮相对而飞的照片跃入眼帘。春生看到海报上方用红色的文字写着"朱鹮之岛'佐渡'"。再有一个小时多一点,终于就能抵达期盼之地,与朱鹮面对面了。春生感到自己的心跳都加快了。多少个月以来,反复在脑海中想象、镌刻在意识中的所有场景,接下来终于要逐一化为现实了。春生又去看图腾。他想到的是,"伟大的力量和幸运""坚强与友谊"这些词,也许正是适合表达自己此刻状态的标语。

职员站在检票口,乘坐13点出发的"日皇号"的人开始排成一排。春生站到队列的最后,排在他后面的人绊了一跤,撞到了他的后背。春生下意识地回头去看那个人,微微吃了一惊。那人正是坐错了新干线一等座的小

---

① Tony Hunt,北美原住民Kwaguilth族(即上文的夸夸嘉夸印第安族)的图腾艺术家。

朱　鹮

个子少女。她双手合十,小声道歉说"抱歉,对不起"。对于少女的道歉,春生没说话,只是点了点头。

喷射水翼船的额定旅客数为260名,座位分成两层。位于下层左后方的13-A是春生的对号座。这是靠窗的座位,开船的时候应该可以看到海,不过春生决定这次要睡觉。一个老太婆坐到同一排隔了一个的座位上,朝他笑着点头示意。春生视若无睹,闭上眼睛。

在春生为佐渡岛上的交通手段头疼之前,他也曾为从本州去佐渡的渡海方法犹豫了一段时间。离开陆地,把自己交给别人的长距离移动,让他难以忍受。设想最坏事态的原则,在这个问题上让他产生出无法摆脱的不祥念头。今年2月9日,在夏威夷港发生的美国海军核潜艇"格林维尔号"与爱媛县立宇和岛水产高中的实习船"爱媛丸"相撞的事故给他极大的震惊,本木樱的生日1983年9月1日,他记住的也是这一天发生了大韩航空坠机事件。

不管是坐船还是乘飞机,都带给他同样的恐惧,最终他还是选择了走海路。因为船总算感觉稍微安全一点,另外佐渡汽船的网站上登载的喷射水翼船的介绍也说服了他。

在这篇介绍中说,全浸式喷射水翼船是"使用宇宙航空技术的终极超高速船","即使在3.5米的海浪中,船体也能浮在海面上,以每小时80千米的超高速飞驰","与航天飞机同样系统的计算机自动控制装置,保证了即使在大风浪中以80千米的时速飞驰,也不会产生纵摇和横摇","时速80千米的紧急停止距离为180米,与普通船只相比,具有更高的安全性和可靠性","撞击缓冲装置……与海上漂浮物发生撞击时,也不会让乘客产生冲击感"。读到这些,春生相信它是无比出色的船只,转而期待舒适的乘船之旅。

实际乘船的时候,横向和纵向确实都没有很大的摇晃,喷射水翼船在海上前进得相当平稳。就算睡不着觉,航海时感觉无聊,也可以看船上放置在各处的电视。一会儿看看船外的景色,一会儿看看随时显示的航行速度,大概也能打发时间。航行的时候要求系安全带,除了上厕所的时候,不能随意起身散步。不过最多

朱　鹮

只要忍耐一个小时,也没什么可抱怨的。

可是对春生来说,就连这短短一个小时,都难以保持内心的沉着。即使船身毫不摇晃,但在看不到陆地的大海上航行,也让他感觉不到丝毫愉悦。被牢牢捆在一个地方不能起身,让春生的神经更加紧张,睡意更是消失得无影无踪。

因为给自己留下糟糕印象的地方太多太多,所以需要控制思绪,不去胡思乱想。话虽如此,控制自己的想法并没有那么容易,悲观的念头不是那么容易赶走的。春生忽然担心自己有没有忘记什么东西,把放在旁边座位的包打开看了一遍,这才放心。求生刀和电击枪都在包里。上船之前并没有行李检查,轻轻松松就带上了船。也就是说,夺船也并非不可能。想到这一点,春生的心情顿时为之一变。这唤起了他对社会的憎恨与怨念,残虐之血开始沸腾。那么,他问自己,该怎么办呢?

因为渴望从不自由的座位上解放,渴望回到陆地,春生产生出一股大干一场的冲动,不过在想法即将转变成行动之前抑制了自己的情绪,只保留对他人的怨恨之情。毕竟自己好不容易走到这一步,他并不想让计划横生枝节。即将抵达目的地,却没能抵达,一眼都没看到真正的目标就结束了整个旅程,这是他的意志和宿命不能容许的。虽然对乘船的不满和爆发的冲动都在急速膨胀,不过春生提醒自己这是为了人生最大的使命,总算控制住了。

现在时机还没到。很快,再过一天,到了明天晚上,就能让船上这些无忧无虑的家伙、让世上那些愚蠢透顶的混蛋尝到苦头了。这些家伙和我坐了两津港开出来的同一班水翼船,却没想到我能干出那样的大事,必定会呆若木鸡,叹息说没能防止优优被杀,懊悔不已。特别是旁边这个睡觉的老太婆。假如我杀掉了优优的消息在社会上传开,她肯定会反复唠叨,无比沮丧,深刻感受到自己的无力。

春生恣意想象,饱含敌意的双眼将视野范围里的乘客一个一个望过去,就算撞上对方的视线也毫不介意,不管是谁,都恶狠狠地瞪过去。这既是在逃避令人不安的现状,也是再次确认即将执行任务的决心,还是他独有的强化自我意识的方法。

敌人当中有一个他见过的面孔。

春生微微吃了一惊,移开视线,等了差不多三秒,又偷眼去看她的侧脸。

小个子少女坐在中央区域后方座椅最左边的15-D号上,正在看电视,一脸昏昏欲睡的表情。

两个人的视线偶然间撞在一起,春生立刻眨着眼睛低下头,然后又偷眼看她。少女也像是镜子里的人像一般做出同样的动作,低头抬眼偷看春生的脸色。她有些不知所措的样子,似乎误以为春生是因为在乘船的检票口被撞而瞪她的。春生意识到她的误解,又想到被她认为自己一直在盯她并不太好,于是抬头望天,蒙混过去。

过了十分钟,春生再度偷眼望向15-D座位,发现少女已经睡熟了。

眺望着少女的睡容,春生意识到从早上一直都和她在一起。说不定目的地也是同一个,所以列车和船都是同一班——春生在心中低语。他的思绪忽然转向了一贯的迷妄。

短短三个小时,相遇了这么多回,恐怕不是单纯的偶然。她还主动和自己说话,虽然只是道歉。这必定是我和她之前的小小缘分。是这样的吧,基本上可以这样认为。虽然并不清楚这是什么样的缘分,会把我们引向何方。但能确定的是,有某种机缘在起作用。我和她乘坐了同一班列车、同一班船,同样去往佐渡岛。这一事实是确定无疑的。

像这样的恣意想象,是他日常生活的一部分,给他带来了适度的放松效果,让春生的心态恢复了稳定。不过他并没有像涉及朱鹮时那样带着确切的实感,在忘我中陷入盲信。他以一贯的命运论者的态度,以一种对他而言较为冷静的态度分析了现在的状况,就像是小小的消遣一样。

不过,虽说是较为冷静的小小消遣,也并非全部消除了一切武断和混同。无论如何,春生开始按照他一贯的模样,将这几年来培育出的强烈愿望逐渐投射到少女身上。或许,在新干线车厢里遇到这位少女的时候,他就已经开始用那样的眼光去看她了——她长得有点像,说是很像也没错。她和本木樱就像双胞胎,简直是一个模子里刻出来的。

那位少女既不像本木樱那样戴了眼镜,也没有将头发梳成麻花辫,肤色也没有那么白皙,眼角也不是下垂的。两个人的外表上唯一相似的地方,只有不高的个头和圆脸而已。但是,这就足够支撑春生的妄想了。高度的一致性酝酿出危险的氛围,让春生感觉到一股走投无路般的印象,引发了他的庇护欲。也许,那位少女正是本木樱的亡魂改变了容貌的实体,也许是获得了新肉体的本木樱的幽灵,专程来陪伴我这一次带有重大使命的旅程。春生想。

她就是如此娴静优雅的好女生⋯⋯

●

春生和本木樱的第一次交谈,是在两个人升上初中二年级的1997年4月第一学期的开学日,发生在二年级七班的教室里。初一的时候,两个人各自在分列学校两头的教室上课。小学时代,两个人的家属于不同学区,上的学校也不同。经过重新分班,两个人第一次同班,又通过抽签成为同桌。以前在物理上相隔甚远的两人之间的距离,在短短一天里急速拉近了。

春生和本木樱第一次的交谈内容是关于姓名的。

"Bao、Gu?"

"对。Bao、Gu。"

"鸨谷、鸨谷君……挺罕见的姓氏。有人这么说过吗?"

"啊,唔……也不是啦!"

"是吗?可是我以前没听过……是很罕见的吧,还是我太无知了呢……你看,这个字我都没见过。"

本木樱说完,指向春生名牌上刻的"鸨"字。被她这样一说,春生有点慌乱,结结巴巴地说起"鸨"字的意思。他开始向本木樱从头解释自己从未被人理解过的自豪。

这时候的春生,谁都看得出他的情绪十分高涨。然而实际上他已经尽了最大努力在封锁自己心中无穷无

朱 鹮

尽喷涌的喜悦。能向本木樱解释自己的姓氏如何"罕见",让他发自内心地欢喜。而且她还微笑着听自己讲这么多话——对于春生而言,这是从无先例的新鲜体验。

两个人围绕姓名的对话还持续了一阵。

"你是几月的生日?"

"哎,怎么了?"

"我是四月份的。"

"……哦。"

"你也是四五月份的生日吧?"

"不是啊,我是九月的……怎么了?"

春生用带着些许遗憾、同时又有些害臊的语气回答说:

"因为你的……名字,那个,不是叫樱花吗?!所以……"

"哦,啊,呵呵,原来如此……"

"我因为出生在春天,所以叫春生。我爸妈的想法很简单吧!什么都没考虑,春天出生就叫春生,真是乱来。拿自己生的孩子当傻子,而且还是第一个孩子……所以樱小姐,你也是……所以我以为你肯定也是,因为生在春天,所以叫樱花……我是这么想的。你的名字很美……小樱!不过你生在九月……九月几号?你生日是哪天?"

自从两个人认识以来,这一天的对话可以说是最长也是最美好的。至少以后再也没有两个人单独交谈的机会。本木樱温暖亲切地主动招呼春生,这是第一次,也是最后一次。一直以来,只要和带有好感的女孩子第一次交谈,女孩子又表示"鸨谷"这个姓氏很罕见,他就会高兴得忘乎所以,喋喋不休,一心博取女孩子的好感,不管人家有没有问,就把自己心里想的全都叽里呱啦倒出来。春生沉迷在自己的高谈阔论中。他开足马力热切演说,根本没有注意到本木樱流露出明显的困惑。

从初一开始,春生就注意到了这个一年级八班的小个子女生。她有着白皙的皮肤,梳着麻花辫。每次在走廊或者体育馆擦肩而过的时候,春生都会感到淡淡的恋慕之心。得知那个女生名叫本木樱之后,连续好几天春

朱 鹮

生都在日记本里写下"小樱"。"小樱"这个名字只存在于日记和自己的心里。平时只能在擦肩而过的刹那凝望她的面庞。所以,升级之后,两个人不仅成了初二七班的同学,而且还是同桌,又是她主动提及姓氏的话题,自己还当面喊了她"小樱"。对于春生而言,这些都是令他无比激动的事。

新学年新学期的第一天,是最幸福的一天,一生都不会忘怀。春生在日记里用红笔写下这行字。然后他想象并且相信,直到初三的整整一个学年,这样的幸福不仅会持续下去,而且每天都会变得更深厚。学校里同桌的环境,对春生有其自身的价值。如果一年都是这样的状态,可以预见到两人的亲密度将确定无疑地不断上升。然而班主任并没保证过一年都是固定的座位。初一的时候每两个月都会换一次座位。春生的乐观,或者说白日梦,当然只能遭遇破灭的下场。

六月的第一个星期一,初二七班换了座位。从这天开始,春生与本木樱不再是同桌了。

进入第二学期,麻烦事接连不断,让春生真正厌恶的事情发生了。有三个男生从入学起就对他看不顺眼，三个人同谋，几乎每天都对他展开各种攻击。10月下旬的文化节期间尤其过分。然后，在11月上旬的某一天，三个人趁下课的空当，把春生的一本写满"小樱"的笔记本偷了出来。放学以后，去练习合唱之前，在班主任让春生去办公室帮忙打印的空隙里，三个人在大家面前朗读了笔记中写的给"小樱"剃毛、观赏小便姿势之类的性幻想内容，撕下的纸页在教室里撒得到处都是。回到教室看到这一幕的春生勃然大怒，咬伤了其中一个人的耳朵，拽了几十根头发下来。剩下两个跑了，于是春生就把他们的书包扔进脏水槽里。这一事件导致双方的纠缠愈发不堪，一直持续到放寒假。

经过三天的停课，春生回到了初二七班。有几个人看穿了他的心思，导致全班都明白了春生爱慕"小樱"的思绪，教室的氛围与之前完全不同了。至于本木樱自己，则是装出事不关己的模样，全然无视写满"小樱"的笔记本上所写的内容。春生认为自己不能退缩，只有再度倾注精力与那三个人开战。因为自己痛苦得心都要

朱 鹮

碎了,眼下无法喊住"小樱",对她辩解笔记中所写的内容。而在此之前,"小樱"已经绝不会靠近春生三米之内,也绝不会向他望一眼了。

午休的时候,春生也曾看到过本木樱在楼顶上哭,要好的女学生们在一旁安慰的景象。听说有好些男生嘲笑她,春生当即去"讨伐敌人",然而起到的只有反效果。他把嘲笑本木樱的一个家伙从楼梯上推了下去,放学后把这件事告诉了本木樱。本木樱终于用正眼看了他。她哭肿的眼睛里满是怒色,瞪着他说:"够了!请停手!"丢下这句话,她就跑开了。只要和春生扯上关系,不管直接还是间接,"小樱"都会离开。

但因为两个人是同班同学,上课和学校活动的要求导致两个人的接触不可避免。不可能毫无交流。春生也曾主动越过半径三米的界限去和本木樱说话。过几个月就好了,他认为。然而即便到了积雪的季节,"小樱"还是一如既往地闹情绪。许多女生在私下里说春生是"大变态",和本木樱要好的一个朋友还曾经骂过他"迟钝!去死!"不过春生充耳不闻。变态也就罢了,但自己应该并不迟钝,他想。

初中生活的最后一年,依旧是索然无味的日子。他和本木樱分到了不同的班级,两个人的关系也没有任何进展,像初一的时候期待愉悦的擦肩而过也成了毫无结果的空想。但春生还是乐观地认为,时间一定可以解决一切,不肯放弃希望。等到上了高中,环境和人都发生改变之后,本木樱的态度也会软化的吧,春生充满期待。他也曾经恣意想象,只要放弃先入为主的观念,无视周围人的目光,像普通人一样交流,她就会充分理解自己的好,迟早会为自己倾心。诸如此类都是和平时一样的妄想。不过要朝这个方向发展,春生想,前提是要进入同一所高中。然而他在这一条上绊倒了,之后便只能不断下坠。

这并不是他没有考取高中。春生填报的志愿已经考过了。他的绊倒是从出生之时就已经决定了的。无论春生多么刻苦努力,甚至可以直接去考大学,他也没办法去考女子高中。

不过,春生绊倒的关键原因并不仅限于性别。本

朱 鹮

来,当发现本木樱的第一志愿是女子高中的时候,去附近的高中就读就可以了。但春生并没有那样。他选择的是与自身学习能力相匹配的学校,因而不得不和本木樱乘上完全相反的电车去上学。两个人的学校所在地差不多相隔有两个城市那么远。结果就是这一点让春生不断坠落。

上初中的时候,只要去学校就能见到本木樱。不管本木樱如何回避自己,不管她露出多么轻蔑的眼神,除了休息日,总是可以见面的,也能听到她的声音。然而,上了高中以后,就像是本木樱从这个世界消失了一样,春生再也看不到她的身影。这不是一两天看不到,而是多少个星期、多少个月、多少年都看不到。一想到这里,春生就会坐立不安,甚至都要发疯了。

春生沉浸在过去的思绪中,决心回到初中的时候。他换了个想法:现在自己并不是不能见到本木樱,而只是没有想去见她而已。重点在于确定最优先的目标是什么。与本木樱共同生活,才是我人生最重要的目的。要朝这个目标积极努力,要认真思考实现目标的策略,心无旁骛、专心致志地倾注心血。这样的话,甚至有可能两个人携手同行一辈子——被日益增加的危机感和饥饿感逼迫,又受到偏执和妄想的支持,春生开始了前所未有的积极思考。

经过这样的思考,春生开始跟踪本木樱。

•

被一般人认为属于跟踪狂的行为,春生大部分都尝试了。他从高一暑假开始跟踪,到了高二第一学期的后半,他干脆不去自己的学校了。如果得不到本木樱的消息,他就坐立不安,所以不顾一切地去搜集。追踪"小樱"的每一天都十分充实,春生认为对自己也是很好的。不过,正如通常所说,无论什么事情,只有开头最快乐。越到后来,春生越是经常遭遇痛苦。

春生认为,单靠本木樱在外面的样子,无法认清她的本质。"小樱"的真实模样,只有当她独自一人在自己房间的时候才会展现出来。也许只有在这时候,她对初

朱　鹮

二时候的同班同学鸨谷春生的真实心情才会表现出来。其实她一直都喜欢我,只是因为那一次的笔记本事件,才一直羞涩地躲避自己,终于错过了告白的机会,更不幸的是各自上了不同的高中。也许这才是真相……

春生决心弄清真实情况。但不管什么时候打电话过去,都听不到"小樱"的回答。如果是她父亲接电话,立刻就会被挂掉。从某一天开始,电话也打不通了。春生没办法,只能寻找新的手段。

高一第二学期过半的10月中旬,春生搞到了撬锁的工具。那是他第一次网络购物。一个月之后,他从同一个商家那里买了窃听的发射器和接收器套装。买这些东西的钱都是从他的零花钱以及从店里的收银机中每天偷1000块存下来的。

春生熟读手册,又买了好些美和锁具公司生产的圆筒锁,每天晚上练习开锁练到很晚。他不是心灵手巧的人,要付出呕心沥血的努力才能掌握开锁的技巧,不过到了寒假的时候,总算够熟练了。当然,能开的锁具种类有限,但只要能打开本木樱家的玄关大门就足够了。

新年休假期间,趁着本木一家外出旅行的机会,春生迅速检验了自己开锁的本事。那一次他还在本木樱的房间设置了窃听器,不过因为身在宝山,春生心中充满了未知的紧张和兴奋,大脑不能像以往那样运转,没办法在房间里好好寻找。装好窃听器后,他去了洗手间,在脏衣服篮子里费了番工夫寻找本木樱穿过的内衣。他分不出哪个是"小樱"的,哪个是她妈妈的。到最后终于找到了一条看上去像"小樱"的内裤,让他很满足,于是其他什么也没拿,急匆匆回到了自己家。

按常人来看,可以说春生已经获得了相当大的成果。但他真正的毁灭也正是在成功设置窃听器的几个月之后。更准确地说,从他读到本木樱日记的那一天开始,春生的精神状态变得更加危险。他知道了本木樱对女子高中的数学老师心怀恋慕的事。

使用窃听器不但没有带来好处,反而遭遇了这样的后果。冬季的山形县晚上,一只手举着窃听电波的接收器守在外面,虽说积雪比往年少,也实在很辛苦。连续窃听了三天,第四天春生发了高烧,卧床不起。体温升到39.5度,第二天也没降下来。看了医生,医生说他得了流感,最终整整一个星期都没迈出家门一步。

春生认为窃听的效率远比预想的差,听不到什么正经的消息,决定放弃窃听。于是他打算再次潜入"小樱"的房间,但迟迟没有合适的时机。春假期间,他有两次都决定行动,但差点被夜晚巡逻的警察发现,不得不中止。直到五月黄金周,才终于实现目标。5月3日,趁本木一家去夏威夷四天三晚旅行的机会,春生再次潜入本木家。

在打开玄关大门前,目标就锁定在一个东西上。春生推测,"小樱"的性格那么认真,一定会仔细写日记。毕竟连自己都会每天写日记,"小樱"当然更不用说,他想。她会把自己纤细的情感仔仔细细写在纸上吧。怀着诸如此类的想象,春生脱下鞋子,满怀雀跃地跑上楼梯。

春生轻松找到了本木樱的日记,乃至有种端足了架子却扑了个空的感觉。记录了初一到高一期末每一天的四册日记本就收在桌子最下面的抽屉里。春生没找到高二的,大概是带去夏威夷了。"小樱"果然是认真的女生,春生钦佩地想。

一整天他都躲在本木家,把本木樱的日记通读了一遍。他想以此掌握四年来"小樱"的心路历程。看透对方本性的充实感,让他感觉自身的器量都扩大了一般。他一边翻,一边低声嘟囔说:"我都知道了,我都明白了,我一直都在看。"春生十分兴奋,把"小樱"的亲笔文字一字一句刻在脑海里。然而最后一本全都是他不想看到的内容。

在日记里,没有任何"鸨谷""春生"的文字,提到的地方全都用"那家伙""白痴""X"来表示。春生看到里面大骂自己的词句,倒是不感意外,因为早有心理准备。他相信不管多糟糕的印象,以后也能改变过来。就算读到她喜欢老师的日记,春生也没有幻灭,认为这是女子高中特有的类似流行病的现象。不过春生还是感觉很不愉快,他想,不能让病情继续发展下去了。

那个数学老师已经结婚了,还有两个孩子,很符合平凡中年男性的形象。春生找到了老师的地址,开始在

朱 鹮

附近散发手写的攻击传单,题目是"对学生下手的邪淫教师"。晚上不断拨打无声电话,给他工作的女子高中寄去和传单内容相同的"揭发信"。这些手段的效果不佳,春生也直接向本木樱的父母告发。同时,只要知道本木家里没人,他就会潜入进去,继续查看本木樱的日记。当然,有时间他也会执拗地跟踪本木樱,阻止碍事的人、奇怪的人靠近。春生慢慢喜欢上护卫"小樱"的感觉,甚至想成为电影《保镖》中的凯文·科斯特纳。可是,女儿被有妻子的高中教师诱惑,本木樱的父母却不加理会,而不能防患于未然的警察更是废物。所以,春生深信,除了自己,再没有人能保护本木樱不受坏人的伤害了。在危险的变态、恶棍和流氓横行的乡间小镇,出淤泥而不染的"小樱"的守护天使,就是我……

春生百折不挠地坚持自己的"护卫"。但是,自己越是靠近,她就越是远离,就像是同一极性的磁铁一样。这种关系不管多久都没有改变。而且更让他难耐的是,不仅没有好转,反而一直在恶化。驱赶女子高中教师的代价很大,本木樱对春生的厌恶感达到了最高点,读她的日记也变得很痛苦。春生希望尽快结束这一切,但自己的冲动无法抑制,而"小樱"对自己不屑一顾的事实也让他十分焦躁。他想停止自己潜入本木家的愚蠢行为,把撬锁工具藏到了弟弟房间的天花板隔层上。但到了夜里,他又忍不住跑去观察本木家的情况。他已经无法左右自己的意志了。

就像是听到了他内心的矛盾,现实阻止了春生。七月底,春生被警方强制辅导,理由是深夜徘徊。他的跟踪行为由此告一段落。

春生已经有过三次辅导了,本木家也投诉过许多次。不过,因为并没有造成严重的伤害,而且警方也考虑到春生是未成年人,所以并没有认真对待。警方听取了情况,又喊来春生的父母做了交流,然后重新调查了事情的经过,最后只是做了严重警告,就把春生放回家了。如果发现了他跟踪的行为,恐怕不会这么轻易结束吧。他使用撬锁工具潜入本木家的行为也并未泄露。本木家的人对此一无所知,而且似乎根本没有想到过。

春生的父母已经向本木家道歉过很多次了。这次希望是最后一次。而且如果儿子还继续惹麻烦,最后恐怕免不了要被送去家庭法院。因为有警方介入,还有长期无故旷课,很早以前高中班主任、年级组长等就找过春生的父母谈话,大家一致认为现在差不多该拿出一个结论了。所以,让春生退学、离开家乡去东京的面包店打工,这样的安排没有一个人反对。好几个人轮番上阵劝说,父母也不成体统地哭个不停,弟弟小翼甚至还拿金属球棒顶着他的胸口威胁,最终迫使春生接受了流放。本木家也认为,这种处理总算可以解决问题了。

●

春生感到有人在拍自己的右肩。他睁开眼睛,只见是旁边那个老太婆,正笑着告诉自己说"到了哟"。听到这话,春生意识到自己不知不觉睡着了。老太婆一直都是笑嘻嘻的,和开船的时候一样朝他点头致意,背起了褡裢一样的行李。春生朝离开座位的老太婆轻轻点点头,不改冷淡的态度。

他站起身，把包背到身上。因为他还是有点牵挂，所以又朝15-D望了一眼。船上的乘客差不多都下船了，而少女还在睡觉。春生学老太婆，来到少女身边，轻拍她的肩膀。

"唔……怎么？哎?!"

"到了。"

"啊，哦，不好意思……"

少女用右手擦着眼角，麻利地从座位上站起来，仿佛几秒钟前还在睡觉的事情从未发生过一样。看到她这副样子，春生不禁咋舌，转身飞快地朝船舱出口走去。他不想被人误解，好像自己故意等到两个人独处的时候，有什么不轨的企图一样。而且他也在想，在又犯多话的毛病之前必须快走。他很清楚，今明两天一定要按照缜密制订的计划行动，不能浪费时间，不能节外生枝。"小樱"本来最讨厌的就是我的饶舌——想起这一点，春生闭上嘴，忍住没有和少女说话。

春生乘电梯下到两津港港口的一楼，来到租车公司的接待窗口前。他已经通过互联网预约好了。因为租

朱　鹮

车需要驾驶证,所以在这里申请的时候无法伪造地址和姓名。也就是说,车里不能留下一滴血迹。

春生借了一辆最便宜的轻型汽车,是银色的大发米拉①自动挡汽车,配有空调、收音机和电子动力转向系统。选择轻型汽车,是因为他看到以佐渡当地信息为主题的 BBS 上说,这座岛的道路狭窄,不适合大型轿车。春生是第一次开车,而且也没打算绑架朱鹮。作为单纯的交通手段,轻型车足够了。

春生被领到停车场,拿了钥匙,打开车门。自从驾校毕业考试以来,他还是第一次握方向盘。东京城里的交通流量太大,让他很害怕,完全不想开车。可是事到如今,他又后悔自己应该在城里好歹练习几次。他是第一次独自一人开车,在租车公司员工的注视下,单单踩下油门就让他很紧张了。

春生保持脸上的镇静,手心里全是汗水,把车开出了停车场。在十字路口等待绿灯的时候,与路边彷徨的

---

① "大发"是日本汽车生产厂家,"米拉"是该厂家旗下的汽车系列。

少女视线相遇。似乎是约好的人没有来,少女一手拿着手机,低垂着头,显得十分不知所措。春生没有移开视线,下意识地举起了右手。

"您是佐渡当地的人吗?"

少女跑到米拉左边。春生打开车窗,少女问。春生回了一句"不是",这时候后面响起汽车喇叭,让他有点惊慌。他越是惊慌失措,后面的喇叭声越是嘈杂。春生看看前面,发现信号灯已经变绿了,于是向少女说了声"稍等",发动了汽车,随后在路口左拐,开了几米,贴到路边,踩下刹车。

●

时间是 14 点 50 分。按照计划,这时候春生本该急匆匆吃过饭,直接赶往新穗村朱鹮之森公园,开始第一次勘察朱鹮保护中心。但是春生现在和两津港还是近在咫尺,他正和少女在港口地区的四丁目与五丁目一带的商业街闲逛,寻找吃饭的地方。两个人先是聊了几

朱　鹮

句,随后少女问他,"吃过饭了吗?"春生顿时十分开心。他想,稍微晚一点也没关系,推迟了预定计划。沿着大路的一家饭馆外面挂着白字写的"北一辉的家"招牌,两个人同时嘟囔了一句"北一辉"①,对望一眼,一齐露出微笑。那种和睦的气氛让春生心旷神怡,心情变得十分舒缓。回想起来,与人好好说话也是好久以前的事了。

少女介绍说,自己名叫濑川文绪,是住在东京的初二学生,还有六天就是十四岁的生日,无论如何必须在生日之前来佐渡岛。

两个人走进一家名叫湖月的荞麦面馆。因为春生家就是开荞麦面馆的,所以他正要张口 Pass 掉这家的时候,濑川文绪开口说,"还是荞麦面吧?"让春生不得不把话吞回肚子里。他钻过店门口的帘子,在心里对自己说,现在也不该在吃饭上花时间,就在这儿算了,如此等等。

濑川文绪一边吃面,一边连声说"好吃,好吃",同时

---

① 北一辉,1883—1937,日本思想家、社会活动家,出生于佐渡。

一点点介绍自己的情况。

她说自己这一场独自旅行是从三个月前就计划好的。

濑川文绪瞒着父母出来旅行。她骗家里人说,今天在学校朋友的家里过夜。旅费是在亲戚经营的酒馆里打工存的。佐渡这边有个"笔友",差不多两个月前认识的。濑川文绪向他告知了自己的计划,他的回信里答应了两件事:在佐渡岛上做向导,还有在他家里住一晚。可是,等她真的来到岛上,本来约好等在两津港港口的"笔友"却不见踪影。濑川文绪找不到别人帮忙,手足无措,差不多都要哭出来的时候,救世主出现了。那就是春生。

在新泻港撞到春生后背的时候,濑川文绪还觉得他看起来很可怕,不过抵达两津港的时候,喊醒自己的也是他,让她感觉春生其实很温柔。

"真有缘呢。"濑川文绪这么一说,春生胸口一阵发热。他正想说其实连火车都是同一辆,不过又想到她也许并不喜欢自己一直注意她,于是没有说。

朱 鹮

——喷射水翼船14点抵达,现在就放弃"笔友"见面是不是太早了?

春生这么一问,濑川文绪噘起嘴摇了摇头,递出手机。

"哎哟,真的来了?真的?!真是个白痴啊～你等吧,不管等多久我都不会来的。因为我啊,根本不住在佐渡!而且我都没有住在新潟!哇哈哈哈!!奉劝你一句,不要轻信邮件里认识的人!从今天开始,就把这个当作你的家训吧。那么请好好享受你的旅行～!"

濑川文绪发现约好的地方没有人,而且告诉自己的店面也不存在,心里很不安,赶紧发了短信,结果收到这样的回信。她哼了一声,"过分吧?"咬着筷子,用湿润的眸子窥探春生的反应。

"我去杀了那小子怎么样?"

濑川文绪"嗯"了一声,点点头,"真的很生气!不可原谅!"

说到邮件,春生想起自己也差点上当受骗。

写信说"卖托卡列夫手枪(带8发子弹)"的寄信人后

来又来过几封邮件,都被免费邮箱的系统归在"垃圾邮件"里。"快打款!""干吗不回信?再不打款你会后悔的!"等等,全是恫吓的口气。春生断定这是诈骗,回信说"对不起,不需要了"。结果对方回信大骂:"你怕了是吧!你果然就是个小屁孩儿,一点动静就吓得要死,什么都不敢干。那你就别心血来潮发帖要什么真的手枪!"这么一来,春生终于忍不住回信说:"你他妈才是个蠢货。不过算你走运,好歹还有点小聪明,知道给我写信,所以我就让你知道知道我是什么人物。我可不是你那种木鱼脑袋能想出来的小孩子。我告诉你,我马上就要干一场惊天动地的大事,你那种没用的蠢货怎么都学不来的大事。就在秋天的时候,在某座岛上。哈哈,这可真是给你捡个大便宜了。好吧,你要是还想知道,过几天我再告诉你一点儿。你要老实听话哦!"春生受不住挑衅,略微透露了一点自己的计划。不过对方反正大概也是做非法买卖的下等人,而且用的也是不需要登记个人信息的免费邮箱,不会被追查到。春生很乐观。

春生和濑川文绪的话题自然而然地转到了两个人

朱鹮

旅行的目的上。而当话题转到这里的时候,两个人像是都突然意识到什么似的,都慢慢不开口了。春生有意识地避免多说,而濑川文绪说到关键处也吞吞吐吐起来。

春生看看时间,已经过了3点半了。距离朱鹮资料展示馆的停止入馆时间只剩下一个小时。可是自己又不能把濑川文绪丢在这里,春生想。虽说她已经买了回去的船票和车票,但因为太相信"笔友",她现在身上只剩下3000日元。就算春生把自己的钱给她,看她那副天真到有点失败的样子,一个人迟早还是会上当受骗。但是,如果带着濑川文绪,计划就无法进行。既会碍事,又会束手束脚,而且也不能连累她。那到底该怎么办呢……

看到春生垂下眼睛,思来想去的模样,濑川文绪似乎意识到此刻关乎是否必须放弃自己的计划。她向春生坦白了自己的目的地。

"……那个,我想去冥河河滩。鸰谷哥哥……冥河河滩你顺路吗?它在岛的北边,就在名叫大野龟和二龟的地方附近……在海边。你会去那边吗?"

"……啊,哦,去的。我也会到那边转转,大概……"

都现在这个时候了你还在胡说什么!——春生的内心这样叫喊,但他的意志却很坚定。他也不知道冥河河滩在什么地方,可就是觉得必须帮助濑川文绪。

"啊,那我就厚着脸皮求你帮忙了。能不能顺便把我带过去呢?求你了!我必须要去冥河河滩!求求你!"

濑川文绪低头恳求。看到这副模样,春生内心十分激动。

他和濑川文绪约定了三个条件。不管什么情况,必须遵守春生制订的计划,不许询问行动的目的,以及不得对任何人说她在佐渡岛上和春生在一起。每个条件都很可疑,但春生也没有别的办法。

濑川文绪没有露出半分怀疑,用力点头,"我绝不会任性的,只要能去冥河河滩就很满足了。我只有这个目的……本来约好的人那么说,我一下子不知道怎么办才好,现在总算得救了!非常非常感谢!"她不停地低头致谢。

朱鹮

于是春生开口说:"那我们现在去看朱鹮吧。离这里大概十分钟车程……"

●

15点55分,他们抵达了新穗村朱鹮之森公园。停车场里停着十几辆小汽车,还有五辆观光巴士。出乎春生的意料,公园出入口附近的几家商店里聚集了大批游客。喷射水翼船的乘客感觉并没有很多,没想到周末来看朱鹮的游客一点也不少。坐观光巴士前来游览的观光客操着关西口音,小汽车的车牌上标示的地名大部分都是新潟县以外的。恐怕也有很多人坐轮渡和飞机来吧。这样看来,要圈定嫌疑犯必然更加困难。总而言之,只要不留下物证,警察应该搜不到什么结果。想到这里,春生的心情稍微放松了些。

朱鹮资料展示馆本身没有任何值得看的东西。这里介绍的知识差不多全都已经装在头脑里了。而这幢建筑所处的位置对于计划的执行也没有妨碍,没什么重要性。春生在"环境保护协助费"的卖票机上塞进两人份的零钱,取了票,穿过展示馆的入口,笔直前往朱鹮饲养笼的"观察区"。

"观察区"陈列了许多各种角度捕捉拍摄的照片,营造出的却是毫无变化的风景,几乎令人厌倦。饲养笼排成横排,周围都是树木,外面覆盖着草坪,中庭的中央有个水池,而在饲养笼的栏杆里确实有几只朱鹮。50米的距离有些遥远,看到的朱鹮显得十分渺小。不过,眼前这一切的确是不容置疑的现实。

春生完全没有感动。他丝毫没有感觉到类似情绪波动的情感。不如说,他的意识立刻转到了就事论事的思维模式,开始对比实际景象和计划内容。他全神贯注,神经极度敏锐。

"鸨谷哥哥,你看,那儿有个望远镜。"

春生并不喜欢别人喊自己的名字。不过,濑川文绪天真无邪的态度让他完全无法发怒,只是咬紧了牙关。他默默点了点头,然后用望远镜迅速观察区域里的各个角落。

朱　鹮

　　佐渡朱鹮保护中心的警备体制，单靠搜索网络怎么也无法掌握的信息，现在总算可以确认了。区域里到处都安装了好像是红外线探头一样的东西，似乎是用来探测入侵者的。春生把自己通过肉眼和望远镜所能辨认出的探头位置记在笔记本上。探头安装在膝盖到腰部附近高度的柱子上，总数至少在十个以上，分布范围也很广。在黑漆漆的深夜里，要避开这些探头，穿过围栏到饲养笼的50米距离，恐怕相当困难。不过，再仔细研究一番，春生就发现探头之间差不多都有一定的间隔，似乎可以找到潜入的通道。他决定等下将电脑里存的全区域地图和笔记做个比较，找出最短路径。

　　接下来春生检查的是从围栏到附近饲养笼的出入口。他观察了门上的把手，认出位于把手中心的正是圆筒锁。春生的嘴角露出微笑。他知道，圆筒锁甚至都不需要撬锁工具，轻轻松松就能撬开。而且门的上半部分是玻璃窗，毫无防范。绝对可行，必定成功。春生确信无疑。

问题是二十四小时不间断拍摄饲养笼中情况的摄像机。要把线缆一根根剪断恐怕很困难。不过,来到朱鹮资料展示馆中一看,春生就释然了。他发现监控摄像机的图像仅仅传到了展示馆里的监控电视屏幕上,纯粹是供参观用的。

不过不能大意。饲养笼里也许还有红外摄像机。管理大楼可能在夜里也会随时检查。春生并不担心入侵时被红外摄像机拍到,因为他戴着滑雪帽,相信很难辨认出自己的相貌。但是,这个系统可能与警备系统直接相连,那么就只能听天由命了。而春生与往常一样,对自己的命运深信不疑。

佐渡朱鹮保护中心的警备工作委托给新潟综合警备保障公司。饲养笼的门上面贴着这家公司的标签。春生决定等去酒店办了入住手续之后,上网查一查佐渡分公司的地点,明天开车过去,看看从那里赶到保护中心所需的时间。

马上就要到17点了。差不多该结束第一次的侦察了。

朱　鹮

●

春生选了位于加茂湖畔的佐渡大酒店。理由很简单，这里距离新穗村朱鹮之森公园开车只要五六分钟，而且可以在网上预订房间。

办理入住的时候，春生把人数改成了两个。濑川文绪就当作自己的妹妹，住在同一个房间里。她絮絮叨叨地保证说，15000日元的住宿费以后肯定会还的，而春生拒绝说，以后大概不会再见了。当然并不是春生已经决定再也不见她，不过不知为什么偏偏这么说了。

春生亲眼看到了佐渡朱鹮保护中心真正的样子，所以他的意识出现了新变化的征兆。既不是变得消沉抑郁，也不是变得激动不安。硬要说的话，就像是透明的感觉。春生的心情十分冷静，可以做出各种明晰的判断——这种奇妙的感觉是什么呀，春生略微有些惊讶。也许这就是所谓"达观"的心理状态吧，他想。但那还只是稳定而微妙的征兆，春生自身尚不能明确理解变化的意义。

吃过晚饭,趁濑川文绪去大浴室的时间,春生调整了计划。他查到新泻综合警备保障公司佐渡营业所的地点在佐渡郡佐和田町大字中原寺畑357-7。查阅地图发现,那里与佐渡朱鹮保护中心的距离算是不远不近。警备员必定非常清楚岛上的道路情况,而且半夜里的道路应该也很畅通。如果警报器被触发,肯定很快就会赶到保护中心。根据新泻综合警备保障网站上的介绍,警备体制是这样的:警备员首先急速赶往现场确认状况,视情况需要通报警方。这么说来,似乎怎么都不能避免战斗了。必须在警备员联络警方之前让他失去行动能力。再过二十几个小时,就要面对那样的事态了……

"鸨谷哥哥,你不去洗澡吗?"

濑川文绪显得毫无戒心,无拘无束,简直像是真正的兄妹。独自一人推敲了半晌计划的春生,对于毫无紧张感的她,不禁感觉有些焦躁。

濑川文绪明显对春生具有强烈的兴趣。他语气轻松地邀请自己去看朱鹮,可在保护中心的调查行为却显

朱 鹮

得十分不同寻常。虽然约定了绝不过问行动目的,但看她那副心痒痒的样子,仿佛马上就想用问题淹没春生似的。春生敏锐地察觉到她的情绪,认为自己应该在她开口之前说些别的有趣话题,把她的兴趣岔开。

"我说,濑川,告诉你一件事。我啊,其实不是日本人。"

"啊?!……这,怎么看,都看不出来啊……"

"我不是告诉你我是山形县出生的吗?你知道吗,山形以北的地方,以前可不是日本!"

"……山形以北,是说东北地方吗?"

"对的。啊,不,不是说那边是乡下,我不是那个意思。新潟和山形的交界处有座山,名叫日本国,你知道吗?不知道吧?日本国山,这名字很搞笑吧?据说那座山是古代日本的边界,所以起了这么个名字。书上都这么写的。"

"哦。"

"所以,我呢,就不是日本人了。这事情好玩吧?"

春生在出发前买了好几本关于佐渡的书,挑了其中有趣的地方看过。他说的有关"日本国"的故事,来自于名为《新泻县不可思议事典》(花之前盛明编,新人物往来社出版)的书。

位于古代日本最远之地的越后最北处,有着极富历史渊源的寺庙和文化财产。这一地区被想象为东北虾夷地与古代日本的国境。大和控制圈与东北虾夷边境线的所在地被命名为"日本国"。

春生以前曾经以为自己的祖先可能是千叶县的居民,而现在想法变了。因为他在别的书上读到了以下的记载:

山形县长井市,位于县西南部最上川右岸的出羽丘陵地带。这里的"时庭(古称鸦庭)乡"可以追溯到室町时代,在江户时代则形成了名为时庭村的村落。南北朝时代的乡名为"鸦谷乡"。康历二年(1380年)10月的伊达宗远《知行分配状》中,有"出

朱　鹮

羽国置民郡长井庄鸧谷乡"的文字。

春生在《图说佐渡的历史》(本间嘉晴监修,乡土出版社出版)的"日本史上的朱鹮……全国各地残留的地名和姓氏"项目中找到了上面这条记载,从而得知山形也有名为鸧谷的地名。对于出生于山形的他而言,鸧谷家起源于山形县长井市的推测更为现实。

在"日本史上的朱鹮……全国各地残留的地名和姓氏"中,朱鹮本身是这样解释的:

时代笔记　　朱鹮。国际保护鸟类,天然纪念物。东亚特产鸟类,以前栖息在日本各地。伊势神宫在每隔二十年的式年迁宫之际,将两枚朱鹮的羽毛用红色绢丝系到供奉于内宫的"须贺利御太刀"的刀柄上,已有千年以上的历史。朱鹮如今是世界级的珍稀鸟类,中国也有分布。

此外,在同书的"佐渡矿山的终结……四百年历史

的落幕"项目开头,有这样的记载:

> 平成元年(1989年)三月的最后一天,位于相川町的佐渡矿山关闭。公告发表于1月7日,让佐渡人大吃一惊。同一天,昭和天皇于吹上皇居驾崩的消息同时在电视和广播中播出,宣告了一个时代的终结。

朱鹮、矿山、天皇,三点联系在一起的三角形——春生将之解释为"珍贵的三角形"。佐渡矿山和昭和天皇已经迎来了"时代的终结",而朱鹮还在继续繁殖、生存下去。不过那也很快就要被我结束了。这几个月来,春生一直这样想。

经过多少迂回曲折,他终于来到了"Nipponia nippon问题的最终解决"将要完成的时刻。

●

做过夜间侦察后,计划成功的可能性更高了。

朱 鹮

国道三五〇号线往新穗村方向经过的横宿线是一条窄路,没有路灯,一片漆黑。在这条路上一个人开车很惊险,加强了意料之外的紧张感。尽管以前也曾经历过类似的环境,但乡间夜晚特有的寂静氛围还是让春生毛骨悚然。

在横宿线半路拐进通往新穗村朱鹮之森公园的一条直路后,春生降低了速度,以免发生意外。在快要到达公园入口的时候,他关掉了车前灯,缓缓驶进停车场。停车场里只停了一辆轻型卡车。白天春生看到过那辆车,是公园内维护用的。

他一只手拿着手电筒,钻过朱鹮资料展示馆入口前的滑轨门,来到观察区。佐渡朱鹮保护中心的区域里一片漆黑,鸦雀无声。翻过围栏应该很容易。春生没有察觉到任何监视,他开始前进。

大范围的灯光照亮了保护中心的大门,多少显出一些警戒感。不过春生一直走到大门前,也没有发生任何事情。管理大楼前面只停着一辆轿车。看来并没有常驻的警备员。也就是说,就算有人要来碍事,也有缓冲的时间。

春生就这样充分掌握了夜晚的情况,看来基本上可以按照事先制订好的计划行动。他返回公园的停车场,将手搭在驾驶座一侧的车门上,抬头仰望夜空。天上云朵密布,一颗星星都没有,也没有月光。

一切如我所愿。他在心中低语。

回到酒店,坐电梯上了2号馆3楼,悄悄打开521号房间的门。室内只亮着夜灯,濑川文绪睡了。

春生将包放到地上,从冰箱里取出橙汁,望向窗外漆黑的风景。明明从昨晚开始就没睡觉,只在船里小憩了几分钟,却丝毫没有睡意。

"你回来了。"

春生吃了一惊,差点把橙汁洒了。回过头,濑川文绪躺在床上,正盯着自己看。

两个人相对沉默无语。周遭的氛围,和荞麦面馆吃饭的时候已经大不相同了。两个人对此似乎都有所感触。但感触的质量是有差异的。最终,濑川文绪忍耐不住,打破了一个约定。

朱 鹮

"……你到这儿来干什么的?"

春生没有回答。他觉得自己快要把杯子捏碎了,于是把它放到桌上。颈子周围像是烧起来一样。

"那个,难道是……"

"好了,别问了。"

"……可是,鸨谷哥哥……"

"哎,不行不行,你别管了,求你了。"

春生这么一说,濑川文绪把被子拉到眼睛下面,但她还是没有停口。

"我虽然不是很明白……那个,鸨谷哥哥,我想,你是很好的人。所以……"

"喂,你想说什么啊?完全搞不懂。"

"……我看到了,或者说,能看出来。刚才,好几次,包里面……"

"……啊,那个。"

"鸨谷哥哥,那个……"

春生陡然提高了声音,阻止濑川文绪继续往下说。不过,其实他只是在顽固抗拒再度落入停滞不前的状态。那种朝向本木樱的、思维完全停止的状态。

"所以我说！小樱，已经结束了！我终于明白自己的使命是什么了！我紧紧抓住了人生最大的目标。明天我非干不可，不能不干。所以，能不能别再把我搞糊涂了！求你了！因为你什么都没对我说，什么解释都没有，就这么死了！太过分了！不管怎么说，这都太过分了呀！我明明那么喜欢你！能不能不要连死了都缠着我啊！我有不能不干的事啊！不干完这件事，我的人生就没有价值了！"

春生一口气说完，房间里只剩下濑川文绪的抽泣声。春生调整呼吸，冷静下来，闭上眼睛蹲到地上。过了差不多五分钟，濑川文绪一边抽泣，一边低声道歉"对不起"。春生没有立刻回答，他继续蜷缩着，等待时间慢慢流逝。

当春生慢慢起身，拉开门要出去的时候，濑川文绪在身后慌慌张张地下了床。她问："你去哪儿？"春生停了几秒，只回了一声"洗澡"。濑川文绪又向他道歉，春生说："不，没事，是我不好，我弄混了，对不起。"

朱　鹮

关上了门。

春生没有洗澡,而是出了酒店,去停车场坐到米拉的驾驶座上,埋头想象明晚的行动。他打算就这样度过今晚,彻底抹去迷惘的残渣。

●

两个人十点钟办了离店手续,去了两津市愿区。

春生没有走内海府一侧的道路。他想到昨天惹哭了濑川文绪,打算哄她开心,选了一条观光的路线。他们从金井町方向出去,上到大佐渡环山线,在海拔942米的"最高点"停下车,饱览了岛上的景色。春生没有特别说什么,而濑川文绪恢复了笑脸,以开朗的动作表达感谢之情。随后,两个人经过相川町北上外海府海岸线,眺望着尖阁湾的大海和湾中散布的岩石,在一条勉强能容一辆汽车通行的狭窄道路上前进。他们就这样沿着岛的边缘行驶,经过大野龟,抵达了冥河河滩的海岸。

海浪汹涌。濑川文绪目不斜视,跌跌撞撞地往前走。春生默默跟在她后面。越往前走,海浪越高,眼睛里都溅满了飞沫。来到周围无数碎石堆积的地方,两个人全身都湿透了。

濑川文绪从橙色的背包里拿出一个皮卡丘的软胶娃娃,轻轻放在岩洞深处的地藏菩萨前。她的脸上带着奇异的表情,双手在胸前合十,低低垂首,闭上眼睛,一动不动地暗诵着什么。海潮毫不留情地冲击两个人的身体。濑川文绪纹丝不动,献上祭奠的祈祷。

在开往两津港港口的车里,两个人相互坦白了之前未曾触及的内心隐秘。

那个皮卡丘是弟弟的,濑川文绪说。她弟弟在今年四月刚上小学的时候被电车撞死了。事故是自己引起的,濑川文绪说。

"有个讨厌的家伙给我写信……我把信扔了。弟弟看到信扔在铁轨上,以为是我弄丢的,就跑去捡……"

濑川文绪泣不成声,但还是继续坦白。

弟弟夭折之后,父母变得整日魂不守舍,仿佛悲伤永远不会痊愈一样。照这样子下去,害死弟弟的自己当

朱 鹮

然无法面对十四岁的生日,也感觉不到丝毫愉悦。不过就在这时候,她听说了冥河河滩的存在,于是计划了前往祭奠的单人旅行。这就是事情的经过,濑川文绪说。

春生说:"今年春天,我也失去了一个重要的人。"他说出了本木樱自杀的事实。

4月29日,本木樱从女子高中的楼顶跳下来,结束了自己的生命。春生是参加寄宿学习回到家乡之后才得知这一消息的。没人想把这件事告诉他。是春生自己打听到这个消息,然后冲到本木家大闹,最后还被警察抓了起来。本木樱自高一时就暗恋的数学教师,和她在寒假里发生了不轨的关系。但就在新年到来的同时,数学教师换了学校。被抛弃的本木樱选择了自杀。闯进本木家的春生,在本木樱的房间里和她父亲打了起来。他一个劲地大叫"亏我那么担心她!"两个人一直打到精疲力竭。

在那之后,春生陷入了极度恍惚的状态,连驾校也有好一阵没去。

但重新思考了自己的命运之后,春生想到,也许本木樱的死也包含在命运之中。除了这个结论,春生找不到闯过本木樱之死这一残酷现实的办法。他唯有彻底相信自己的命运,将全部精力投入计划之中。除此之外,别无他法。

在两津南埠头大楼前,春生靠边停下车。这里紧挨着昨天他们第三次对话的地方。两个人从车上下来,在两津港港口一楼的自动扶梯前面对面对站住,相互道别。这是两个人最后的交谈。

"真的太感谢了!……遇到鸨谷哥哥,真是帮了我大忙,太好了。真的、真的太感谢你了!……鸨谷哥哥,我,我,不知道该怎么说……"

春生带着怒目而视般的眼神,轻轻拍了拍濑川文绪的左肩,只说了一句"忘掉,全部",飞快地走了出去。濑川文绪似乎在背后喊着什么,而春生的脑海里早已只剩下唯一一个目标了。

●

2001 年 10 月 14 日 23 时 23 分,鸨谷春生启动了

朱 鹮

"Nipponia nippon问题的最终解决"。他要入侵的饲养笼,是位于佐渡朱鹮保护中心区域最里面位置的饲养笼A。目标是饲养笼A中隐居的雄性朱鹮优优。最终目的是暗杀优优。

从新潟综合警备保障公司佐渡营业所到新穗村朱鹮之森公园,就算半夜开飞车也要大约20分钟。22点的时候,春生驾驶米拉实际开过一回,确认了这一点。在那之前,他还在两津港附近的渔具店买了最大号的捞网,打算使用捞网捉住优优,让它无法挣扎,然后用求生刀刺杀它。另外,在沿350国道的SAVE ON便利店,他还买了一套针线。他要的是里面的红线。他想在优优停止呼吸以后,效仿伊势神宫的式年迁宫仪式,用红线将朱鹮的两枚羽毛系在求生刀的刀柄上。

春生翻过围栏,时不时打开手电筒看路,慢慢沿着预先决定好的潜入路径前进,来到饲养笼A的门前。踏过草丛发出的脚步声,每一步都像是在高声呼喝,催促他小心慎重。短短的路程花费了大约20分钟。

因为太紧张,春生觉得胃都在痛。但是不能停。他从包里飞快地取出美式管子钳,用嘴咬住手电筒的尾部照亮把手,开始撬锁。但是,正当他用管子钳套住把手外圈,准备用力的时候,手电筒熄灭了,怎么挥都挥不亮。电池用完了。

春生眼前一片漆黑,但并不是一点光都没有。正门前大照明灯的光线隐约透到了这里。不要慌,要冷静。用力转动门把手,门会开的。春生这样告诉自己,双臂使足了力气。但不知什么缘故,只有金属摩擦的嘎吱声,把手还是纹丝不动。

春生焦躁不安,开始有些自暴自弃。

又闷又热,喘不上气。这只会让他的焦虑更严重。所以春生摘下了滑雪帽,在包里摸了一阵,拽出了毛巾。然后他把叠了四叠的毛巾贴到门上面的窗玻璃上,用管子钳敲击。脚踩到地上散落的玻璃碎片发出稀里哗啦的声音。春生不管不顾,伸手去转门里面的把手,打开了门,终于踏入了饲养笼的内部。他左手的无名指被玻璃割破出血了,但他恍若不觉。他没有看到装在窗框上的探测报警器。

朱　鹮

　　黑暗中传来嘎嘎的鸟叫声。春生紧紧握住捞网的竹竿,喘着粗气,蹑手蹑脚地走过去。嘎嘎的声音从两个方向传来,春生转动身体观察四周,只听见哗哗的翅膀抖动的声音,一枚羽毛落下来,粘在他的脸上。汗水打湿了脸庞。

　　虽然眼睛在一点点适应黑暗,但要捕捉两只鸟的行动还是极其困难。春生呼哧呼哧地喘着气,心里怀疑这样的胶着状态会一直持续到早上。不能打持久战,要速战速决。他刚刚小声嘟囔了两句,突然被炫目的光芒照到。春生偏过脸,身体转向出入口的时候,听到有人怒喝"你在干什么!"他低迷的精神一下子恢复了。

　　为了躲开手电筒的光,春生用右臂挡住视线,向后退去。保护中心的职员满脸怒色地朝他跑来,大吼着"你这小子在干什么?! 快出去!"想要抓住他。眼看春生挡在脸前的右臂就要被抓住的时候,春生上半身一仰,躲开了职员的手。这是拦路袭击时锻炼的身手漂亮地发挥了作用。职员朝前一个趔趄,春生没有放过这个机会,拔出插在腰间皮带上的电击枪,将尖端顶在职员的胸口,打开了放电的开关。

黑暗笼罩的饲养笼里,可以看见极小的闪电闪烁了几十秒。职员发出"啊!"的短促呻吟,重重倒在地上。

●

新泻综合警备保障公司佐渡营业所接到佐渡朱鹮保护中心的报警,是在0点刚过的时候。保护中心设置的传感器经常会被闯入的野猫触发,所以守在佐渡营业所的警备员大家贤吾先是往保护中心打了个电话,确认情况。但是,本应该在保护中心值夜班的人,一直都没过来接电话,大家产生了警觉。通常情况下,往保护中心打电话的时候,呼叫铃从来不会超过10声,可今天响到20声都没人来接电话。大家最终在响到40声的时候挂了电话,拿上汽车钥匙走了出去。

0时35分,大家贤吾来到了保护中心正门前。

推开管理大楼的门,里面的房间亮着灯,但是没有人,呼叫也没有应答。更重要的是,不知什么缘故,饲养

朱 鹮

笼方向好像骚乱不安。今夜朱鹮叫得特别厉害。那边也许有什么异常情况,大家这样判断,转向管理大楼后面。

他来到中庭,用手电筒去照朱鹮扇动翅膀的声音和叫声最大的饲养笼A,结果看见里面有个大的黑色物体在动。大家贤吾急忙跑向敞开的饲养笼A的门,看到围栏里的情况,不禁哑然。

一个一身黑衣的人正在里面挥着网拼命追捕朱鹮。大家贤吾搞不清发生了什么情况,怔怔地朝前走了两三步,左脚撞到了什么东西。在难以言喻的极度不安中,他把手电筒的光照向脚边,又吃了一惊。大家贤吾认出横躺在地上一动不动的是保护中心的职员,刹那间头脑一片空白。这可糟了,大家贤吾想,但随即唤醒了强烈的职业意识,决定首先制止黑衣装束的人。

"那边的人,住手!"

棍式电击枪戳到自己面前的时候,大家贤吾胆怯了。发生了太多预料之外的事件,思考和爆发力都迟钝了。但是,电击枪只"啪啪"闪了三秒左右的火花,电击就停止了。黑衣人咔嗒咔嗒按了好几次开关,好像发现无法放电,慌了手脚。大家贤吾看到这副模样,当即认为不会再受武器攻击,伸手抓住对方的衣领,想把他按倒在地上。也许是对自己的武术有自信,大家贤吾疏忽了。

大家贤吾的两眼突然一片模糊,呼吸异常困难。在痛苦的扭动中意识到被喷了催泪喷雾的时候,大家贤吾遭遇了新的冲击,感到腹部插入了凶器,剧痛难忍。大家贤吾左手擦着眼睛,右手去摸肚子,发觉鲜血喷涌。他知道自己大概是被刀刺中了,想要拿出手机通报警察,但是浑身都没了力气,站都站不住了。

●

警备员在掏手机出来的时候失去了力气,再也不动了。求生刀插在他的下腹部,大字形躺倒在地,那副形象恰如阴茎正在勃起一般。

春生精疲力竭,坐倒在地上。周围还飘浮着催泪喷雾的成分,让他呼吸困难。那股臭味也很难耐,导致身

朱　鹮

为使用者的他自己也失去了力气,身心都完全委顿了。尤其让他感到沮丧的是,优优和美美两只鸟一只都捉不住。算了算了,春生想着,把捞网朝铁栏杆扔过去。

春生就坐在那里,低着头,双手遮面,仿佛时间都停止了一般。昨天、前天、一周前、一个月前、一年前的记忆纷纷跳出来、折回去,他的意识终于明确地领悟到昨天傍晚隐约意识到的事实——所谓命运,全无意义。

意识到围栏外面传来嘎嘎的叫声,春生向中庭望去。优优和美美不知什么时候逃出了饲养笼,正在天空中飞翔。看到这幅意外的景象,春生的无力感更深了一层。他在心底呢喃:那你们就尽情欢乐吧,也可以试试运气,运气不好就回来这里,运气好的话,飞到哪儿去都行……

●

春生无处可去,把车停在与濑川文绪道别时的两津南埠头大楼前。他还穿着溅了血的工作服,精疲力竭地坐在司机的位置上。他陷在深深的虚脱里,但并不是茫然无措。他的感情在激烈动荡,忽而寂寞、忽而恐惧。为了忘记这些,春生打开了收音机。

米拉的音响里传出未曾听过的英文歌曲。①

Is this the real life - 这是真实的人生?

Is this just fantasy - 还是梦幻一场?

Caught in a landslide - 滑坡困住了我

No escape from reality - 无法逃脱现实

Open your eyes - 睁开你的眼睛

Look up to the skies and see - 抬头看天

I'm just a poor boy, I need no sympathy - 我只是个可怜的孩子,我不需要怜悯

Because I'm easy come, easy go - 因为我易来,易去

---

① 《波西米亚狂想曲》(Bohemian Rhapsody),弗雷迪·默丘里(Freddie Mercury)创作,皇后乐团演唱。英文为书中原文,中文为翻译。

朱 鹮

A little high, little low – 时高,时低

Anyway the wind blows, doesn't really matter to me, to me – 随便风怎么吹,都无所谓

Mama, just killed a man – 妈妈,我刚杀了个人

Put a gun against his head – 我拿枪瞄他的头

Pulled my trigger, now he's dead – 扣下扳机,他就死了

Mama, life had just begun – 妈妈,人生才刚开始

But now I've gone and thrown it all away – 但我已经毁了它

Mama, ooo – 妈妈,哦

Didn't mean to make you cry – 我不想让你哭

If I'm not back again this time tomorrow – 如果明天这时候我没回来

Carry on, carry on, as if nothing really matters – 你继续走,你继续走,就当一切都无所谓

四周的窗户玻璃突然碎了,左右两边的车门都被拉开,好几个成年人从外面犹如雪崩般闯进来。春生嘴里被用力塞进了什么东西,手和腿都被扯住,拉到外面。他看见眼前停着好几辆警车。

在十字路口的一角,可以看见两津警察署的大楼。

Nothing really matters – 无所谓

Anyone can see – 谁都会知道

Nothing really matters, nothing really matters to me – 无所谓,对我什么都无所谓

Any way the wind blows... – 随便风怎么吹……

●

他和往常一样,中午才睡醒,去了没人的厨房,拿起桌上放的便当盒,打开客厅的电视。

今天的便当是蛋包饭和通心粉沙拉。他喜欢蛋包

朱 鹮

饭,但是很讨厌通心粉沙拉,因为四年级的时候曾经有过吃通心粉沙拉呕吐的经历。从那以后,他连蛋黄酱都讨厌,整整一年没碰。他把通心粉沙拉倒进烟灰缸,只剩下蛋包饭,同时埋怨母亲。

他听到奇怪的嘈杂声,抬起头,只见电视上的新闻时评正在报道某个重大事件。佐渡岛朱鹮逃逸,警备员被杀?这可真有趣,他想。他回到二楼自己的房间,打开电脑上网。

"超隐秘话题"的BBS上已经无比热闹了。每次发生大事的时候都是这样。在"罪犯才十几岁""杀了一个人,大概要坐五六年牢"等的帖子后面,他看到一个"没有网络预告?"的帖子,这让他想起了一连串怪异的邮件——以前有个家伙在BBS上发帖说"想要真枪",于是他写了一封诈骗邮件过去说"卖托卡列夫手枪(带8发子弹)",结果没有回音,后来又连续写了好几封邮件,终于有了一封回信,其中写道,"马上就要干一场惊天动地的大事……"

他打开收件箱,把那封邮件反反复复读了好几遍,越读越兴奋。"秋天""某座岛",显然就是指佐渡事件。他很想把这件事告诉别人,好好炫耀一番,于是将预告犯罪的邮件全文贴到了"超隐秘话题"的BBS上,宣布自己在事件发生前就和罪犯有过邮件往来。

可是没人相信他。有人骂他,"别开无聊的帖子,小屁孩!"狠狠嘲弄了他一番,随即再没人搭理他了。尽管他详细解释了事情的经过,坚持说一切都是真的,也只是得到反驳说,要说是真的,就拿出客观的证据来。

他苦想了半天,也没想到有什么好办法能让大家相信他。不管怎么绞尽脑汁,也想不出办法证明邮件是真的。而且,蜂拥而来的嘲讽让他火冒三丈,气愤不已,无法冷静思考。眼下最重要的是平息怒火。

眺望窗外的风景,感情的波澜逐渐恢复平静。出去散个心吧,他想。难得出去看看,似乎也不坏。